KB035518

살아온 세월

살아온 세월

이황연 수필집

좋은땅 출판

| 책머리에 |

지금 그 사람 이름은 잊었지만

그 눈동자 입술은 내 가슴에 있네

바람이 불고

비가 올 때도

나는 저 유리창 밖

가로등 그늘의 밤을 잊지 못하지

사랑은 가고

과거는 남는 것

여름날의 호숫가 가을의 공원

그 벤치 위에

나뭇잎은 떨어지고

나뭇잎은 흙이 되고

나뭇잎에 덮여서

우리들 사랑이 사라진다 해도

지금 그 사람 이름은 잊었지만

그 눈동자 입술은

내 가슴에 있네

내 서늘한 가슴에 있네

1950년대 시인 박인환 시인의 "세월이 가면" 이다.

인생의 황혼기에 접어든 사람이면 누구나 하번쯤 생각하게 된다.

나는 누구인가? 나는 왜 사는가? 사람이 세상을 산다는 게 무엇일까?

내가 살아가는 하루를 생각해 본다.

보고, 듣고, 먹고, 생각하고, 행동하며 시간을 보내는 게 하루의 삶이다. 사람은 본래 혼자서는 살아갈 수 없는 존재인 것 같다.

인간의 삶이란 본질적으로 자신과 자기 밖의 사람이나 사물과의 관계다.

사람이 세상에 태어날 때에는 벌써 부모와 관계를 맺은 것이고, 형제자매 조산원 등 많은 사람들과 인연이 맺어진 것이다.

아침에 잠자리에서 눈을 뜨고 일어나면 무엇인가를 보게 된다. 마주치는 사람의 말을 듣고 이야기를 나눈다. 생존을 위하여 하루 세 끼 식사를 하며 차나 술도 마신다. 무언가 생각을 하고 마음에 따라 어떤 행동을 하며 순간순간 시간을 보낸다. 하루하루를 살아가며 나 스스로를 만들어 가는 것이다. 이것이 삶의 현실이고 인간의 실존實存이다.

불교에서 말하는 업業을 이루어 가는 것인지도 모른다.

오랜 세월 새벽길을 걸었다. 사색하고 인생을 관조하며 살아온 세월이 어느덧 20년을 훌쩍 넘어갔다. 하루 밥 세 끼 먹고 밤에 잠을 자듯 "하루 만보 걷기"는 내 일상생활의 한 부분이 되었다.

듣고 보고 생각하고 행동하며 살아온 내 인생의 흔적일 것이다.

돌이켜 보면 과거는 강물처럼 지나가 버렸고, 미래는 아직 오지 않은 것이다.

과거나 미래 쪽에 한눈을 팔면 현재의 삶이 소홀해지기 쉽다. 지금 이 자리에서 최선을 다해 살아가야 할 것 같다.

그런 인생에는 삶과 죽음의 두려움도 발붙일 곳이 없다.

저마다 지금 서 있는 그 자리에서 자신답게 살아가야 할 것이다.

하루하루 만보 길 걸으며 살아온 세월 동안 써 온 글들을 모아 책을 내게 되었다. 그래서 책 이름도 『살아온 세월』이라고 정했다.

푸른솔문학 카페에 올린 글들과, 청솔 작가회 문집, 푸른솔문인협회 『청솔 바람소리』, 농협 동인지에 실었던 글들이다.

그동안 내 문학 인생길에 멘토이신 충북대학교 김홍은 명예교수님께 고개 숙여 인사를 드리고 싶다.

지난가을 고국을 방문해 내 수필집 출간을 걱정해 주고 떠난,

재미 워싱톤 친구(이경원)의 우정도 영원히 잊을 수 없을 것 같다.

나의 세 번째 수필집 발간에 열과 성을 다 해주신 정은 출판 노용제 대표께도 진심으로 감사를 드려야 하겠다.

2017년 12월

가마리 전원주택에서

| 차례 |

04 책머리에

1부 감사 일기

17 감사 일기

21 나이를 먹는다는 것

24 높은 문턱

28 매헌梅軒 기념관

32 사랑의 지혜

35 어린이 교육

39 영상문화 시대

42 인생 시간표

45 자동차 문화

48 페이스메이커

52 평창올림픽

56 행복지수

59 혼자 있을 때

2부 삶과 죽음

65 단짝을 보내고

69 달빛

73 서글픈 송년회

76 슬픈 여행

79 어떤 조문弔問

83 어머니 친구

86 인생길

90 제사祭祀의 의미

94 죽음과 정치

97 하늘나라 가는 길

101 하늘공원

105 묻지마 살인사건

108 효도계약서

3부 인생과 여행

115 대만 기행

119 도성都城길

122 도시국가 싱가포르

126 백담사百潭寺

130 산골 나그네 -가을 문학기행

134 소요산逍遙山

138 소년의 피난길

142 변산반도 격포항

146 세밑 단상斷想

149 월미도 바다

152 청마 문학관

156 태항산 협곡

160 택배회사 인연

4부 버들다리

167 가정의 달
171 고향세
175 나라 걱정하는 백성
179 도화살桃花殺
183 버들다리
187 아무도 없을 때
191 유교는 종교인가
194 잃어버린 고향
197 숨겨준다는 것은
200 스포츠 영웅들
204 향교의 밤
208 설 명절
211 소나무

5부 딸이 사는 아파트

217 나의 집

220 딸이 사는 아파트

224 손자의 입학식

228 외갓집

231 입원실의 하룻밤

235 장 담그는 날

238 비 오는 날의 추억

241 졸업식

244 농협 직원 24시

248 혼인과 결혼

251 시애틀 친구

255 초안산 식구들

만보를 걷는 새벽길도 인생길이다.

어두운 새벽 집을 나서며 걷는 길은 하루를 출발하는 인생길의 시작이다.

지금의 삶이 소중하고 고마운 것이기에

오늘 하루도 착하고 아름답게 살아야겠다는 다짐을 하며 길을 걷는다.

1부 감사 일기

감사일기

나이를 먹는다는 것

높은 문턱

매헌梅軒기념관

사랑의 지혜

어린이 교육

영상문화 시대

인생 시간표

자동차 문화

페이스 메이커

평창올림픽

행복지수

혼자 있을 때

감사 일기

어떤 상품에 결함이 발견될 경우, 생산자가 그 상품을 공개적으로 회수하거나 무료로 점검, 교환, 수리해주는 제도를 '리콜' 제도라고 한다. 내가 타고 다니는 승용차가 리콜 대상이니 서비스센터를 방문해 달라는 연락이 왔다. 서비스센터 사무실 앞에 차를 세웠다. 직원들이 나와 차 문을 열어주고 반갑게 인사하며 자기들이 알아서 주차까지 하겠노라 한다. 고객 대기실로 안내되어 차를 마시며 기다렸다. 깨끗하고 쾌적한 실내에는 책들이 비치되어 있고 은은한 음악까지 흘러나왔다. 한 시간 남짓 기다리니 점검이 끝났다고 한다. 서비스센터 문을 나설 때, 고맙다는 생각이 들었다.

한적한 가로수 길을 운전하는데, 며칠 전 책에서 읽은 한 흑인 여성 방송인이 떠올랐다. 오프라 윈프리. 세계에서 가장 영향력 있는 유명인사 100명 안에 든다는 사람이다. 오프라의 어머니는 가진 게 가난밖에 없는 미혼모였다. 그래서 오프라는 어머니 품이 아닌 외할머니 손에서 자라야 했다. 굶기를 밥 먹듯 했고, 가정폭력에도 시달렸다. 십대에 친아버지를 찾아 그의 고향으로 갔다. 그곳에서 삼촌과 사촌에게 성폭행을 당했다. 열네 살에 출산과 동시에 미혼모가 되었다. 아기는 출생 2주 만에 세상을 떠났다. 마약 중독자인 애인에게 사랑받기 위해 자신도 마약을 상습복용 했다. 스트레스를 음식으로 풀어 체중이 107kg까지 나갔다……. 세상에 이렇게 엉망진창이고 파란만장한 삶이 또 있을까.

그랬던 그녀가 지금은 전 세계 1억 4천만 시청자를 웃고 울리는 '토크쇼의 여왕'이 되었다. 인종차별이 극심한 미국에서 흑인인 버락 오바마가 대통령이 된 데에는 그녀의 적극적 지지도 한 몫 했던 것으로 알려졌다. 그녀의 성공 비결에 여러 가지가 있지만, 그 중 빼놓을 수 없는 게 '감사 일기'라고 한다. 세상에서 가장 바쁜 사람 중 한 명이면서도 그녀가 밥 먹는 일 이외에 하루도 빼놓지 않는 일이 바로 감사 일기 쓰기라고 한다.

재산은 수조 원이 넘고, 미국 곳곳에 호화주택과 자가용 비행기까지 가지고 있다. 대통령을 비롯하여 수많은 유명인을 친구로 두고 있다. 그런 그녀가 누구에게나 일어나는 평범한 일에 감사하며 지낸다. 예를 들면 이런 거다. 오늘도 거뜬하게 잠자리에서 일어날 수 있어서 감사합니다. 유난히 눈부시고 파란 하늘을 보게 해주셔서 감사합니다. 점심 때 맛있는 스파게티를 먹게 해주셔서 감사합니다. 얄미운 짓을 한 동료에게 화내지 않았던 저의 참을성에 감사합니다…….

이 얼마나 사소하고 소박한 감사인가.

이른 아침 창문을 열고 밖을 내다본다. 상큼한 새벽 공기가 얼굴을 스치고 고요한 산과 들녘이 눈에 들어오며 정원에 핀 백일홍 꽃이 나에게 인사를 하는 것 같다. 심호흡을 하며 하늘을 바라보면 힘이 솟아나는 느낌이 들어 나도 모르게 고맙다는 생각이 든다. 건강한 몸과 긍정적인 생각으로 오늘 하루를 시작할 수 있는 스스로의 운명에 감사하다는 생각이 든다. 가족들 모두가 건강하고 평화로운 가정을 이끌어가고 있으니 또한 감사한 마음이다.

아침 산책길을 걷고 운동을 하며 오늘 하루를 미리 생각해본다. 오늘도 많은 사람들을 만날 것 같다. 모임에서 만나게 될 동창생 친구들, 식당이나 커피숍에서 만나는 종업원들, 차안에서 옆자리에 앉은 처음 보는 낯선 사람들, 복잡한 도심 길에서 어깨를 스치는 무수한 행인들…….

나무나 돌은 혼자 그 자리에 있어도 존재의 이유를 찾을 수 있다. 그러나 사람은 그렇지 않다. 사람은 다른 사람과의 관계 속에서만 세상 살아가는 이유를 찾게 된다. '인간人間'이라는 말 자체에 이미 혼자가 아니라는 뜻이 담겨 있다. 인간 사회에 감사하는 마음이 충만하면 그곳은 살기 좋은 세상이다. 감사는 고맙게 여기는 마음이다. 일상생활에서 우리가 사소한 일에도 감사하고 매사를 고맙게 받아들이는 긍정의 마음으로 살아간다면, 세상은 지금보다 한결 밝아질 것이다. 일상생활에서 감사하는 마음을 잊지 않는 것이 요즈음처럼 삭막한 세상을 살아가는 지혜가 아닐까 생각한다.

인간이 세상에 태어나면 삶의 목적을 행복 추구에서 찾으려 한다. 즐겁고 감사하는 마음이야말로 인간 행복의 밑바탕이 아닐까 한다. 하루 한두 가지씩 감사한 일을 노트에 계속 적으면 3주 만에

뇌신경이 변한다는 말도 있다. 거창한 것이 아니라 그날 있었던 사소한 일에서 감사할 일을 찾아서 써보자. 자기 자신에게 감사한 마음을 전하는 '감사하는 글쓰기'를 계속해보자.

나이를 먹는다는 것

벽에 걸린 달력을 보니 입춘이 며칠 남지 않았고, 다음날이 설날이다. 시장이나 거리가 인파로 붐비고 분주한 설 연휴가 시작되고 있다. 설날이 되면 떡국 한 그릇씩 먹으며 새해를 맞는다. 그리고 떡국과 더불어 나이도 한 살이 는다.

새해가 온다고 해서 별나게 달라지는 건 없다. 어제와 같이 해가 뜨고, 하루가 지나면 밤이 온다. 밤이 지나고 날이 새면 또 밝은 햇살을 보며 하루가 시작된다.

새해가 되어 바뀌는 것이 있다면 나이를 한 살 더 먹는다는 것이다. 나무가 나이테를 늘려가듯 한 해에 한 살씩 나이를 늘려간다. 나이란 게 뭔가.

사람이 세상에 태어나 살아온 햇수가 곧 나이이다. 나이를 먹는다는 건 세상을 살아온 햇수가 늘어난다는 의미다. 인간 수명壽命의 장단長短은 나이 숫자에 비례하는 걸 의미한다.

사람이 세상에 태어나 나이를 먹으면서 인생행로가 이어진다. 유년기, 청소년기, 중년기, 장년기에 이어 노년기로 접어든 후 마침내 한 세상을 마감한다. 사람은 누구나 인생길이 시작되면 자아를 정립하고, 가치관을 확립하며, 한 인간으로서 세상을 살아가게 마련이다. 결국 나이란 삶의 연륜이고, 몸과 마음의 부피를 피우는 것이다. 세월과 함께 나이를 먹는다는 것은 자랑거리는 아니지만 부끄러운 일도 아니다.

어머니 젖가슴 파고들며 '엄마 냄새' 맡고 사는 유년기는 세상을 미처 다 모르던 꿈같은 세월이었다. 설 전날을 작은설날이라며 손꼽아 명절을 기다리던 청소년 시절은 그리움의 세월 같았다. 대학입시, 군복무, 취직시험, 결혼…….

청년 시절은 나이라는 걸 미처 모르고 열정만으로 살아온 세월이었다. 직장과 가정에서의 중장년 시절은 무거운 짐을 지고 고개를 넘어온 고단한 세월이었다. 어느 세월보다 숨 가쁘게 이어온 인생 행로였다. 노년이 되어 부끄럽지는 않지만 나이 먹는다는 것에 더러는 서글픈 생각이 든다. 노년에는 욕망과 집착을 버리고 운명과 세월을 원망하지 말라고 했다. 나이의 힘이란 단순히 나이를 먹는다고 생기는 게 아니다. 자기 몫의 일에서 최선을 다 했다면 그게 바로 성공한 인생이다.

사람도 변하고 세상도 변하는 게 자연의 법칙이라고 『주역』은 말한다. 나무나 꽃은 씨를 뿌려 싹이 트고 꽃이 피며 잎이 무성해지면 열매를 맺는다. 마찬가지로 사람도 세상에 태어나 자라고 흥하다가 노년에 이른다.

새해를 맞으면 나이를 한 살 더 먹는다는 풍속의 유래가 언제부터인지는 확실치는 않다. 그러나 새해를 정하는 기준은 몇 가지가 있다. 대개는 양력이나 음력을 기준으로 정한다. 그러나 『주역』을 따르는 문파들은 24절기 중 동지冬至를 기준으로 새해를 정한다. 동지 때부터 따스한 기운陽氣이 시작된다고 보는 것이다. 반면 사주명리 문파들은 입춘立春을 새해의 시작으로 본다. 가령 기해년은 양력 2019년 2월 4일 입춘부터 시작된다고 보는 것이다. 이 경우 1월 1일부터 2월 3일까지는 무술년에 속한다는 본다.

어쨌거나, 어떤 인생이라도 뜻대로 풀려가지 않는 게 세상살이인 모양이다. 나 역시 파란과 곡절을 겪으며 나이를 먹었다. 어느덧 노년기에 들어선 지 오래다. 나이를 잘 먹고 살아온 것일까? 나이를 먹을수록 먹고 사는 데 매몰되지 않고 성숙한 인격을 가지라고 했다. 노년기를 삶의 완숙기라고 하는데, 이 인생의 오후도 저물어 해거름의 시각에 가까워졌다. 차츰 빛이 줄어들고 어둠의 그림자가 드리우는 것 같아 쓸쓸한 기분이 든다. 나이는 슬픔이거나 걸림돌이 아니라 차곡차곡 쌓은 탑처럼 혹은 나무의 나이테처럼 굳건한 힘의 원천이었으면 좋겠다. 나이는 세월의 유산이고 축복이다.

높은 문턱

오늘날 우리는 겉모습만으로는 선진국 대열에 서 있는 것처럼 보인다. 경제 규모가 세계 10위권 수준이며, 정보통신기술(IT) 산업은 세계 최첨단을 달리고, 자동차 전자제품 수출은 세계시장을 선도하고 있다. 잘 먹고, 좋은 옷에 값비싼 명품을 찾으며, 훌륭한 집에서 그야말로 의식주가 걱정 없는 풍족한 삶을 누리고 있다. '보릿고개'는 아득한 기억 속으로 사라졌다. 소달구지만 타본 나에게 자동차는 신천지였다. 자동차라는 걸 보러 먼 길을 걸었던 기억이 지금도 생생하다. 지금 나는 자가용 승용차를 운전하고 있으며, 하루라도 차가 없으면 불편해 못 견딜 지경이다.

세계은행 통계에 따르면 지구상에는 229개나 되는 많은 나라가 있다고 한다. 그 많은 나라들 가운데 선진국으로 불리는 나라는 몇 안 된다. 선진국을 분류하는 기준으로 여러 가지가 있지만, 30/50 클럽이라는 게 있다. 1인당 국민소득 30천(즉, 3만) 달러, 인구 50 백만(즉, 5천 만) 명 이상인 국가를 선진국으로 보고 있는 것이다.

일본, 미국, 프랑스, 이탈리아, 독일, 영국 등 여섯 나라가 이에 해당된다. 이 나라들은 국민소득 2만 달러 시대부터 선진국으로 불렸다. 2012년 우리나라도 20/50 클럽에는 일곱 번째로 들어갔으나, 아직 3만 달러 문턱에서 10년 이상을 머물고 있다.(2016년 현재 27,633 달러)

우리나라는 지금 선진국 문턱에 서성거리고 있다. 시기적으로 우리는 지금 중요한 시점에 서 있는 것이다. 이 문턱을 넘으면 우리는 아시아에서 일본 다음으로 선진국이 되고, 이 문턱을 넘지 못하면 계속 중진국 수준에 그친다. 우리가 선진국 문턱을 넘지 못하는 이유는 무엇일까. 이 어려운 문제를 진지하게 생각하지 않고는 해결책을 찾는다는 게 불가능하다. 선진국이란 '보통사람이 즐겁고 행복하게 살 수 있는 나라'다. 제도와 문화로 그것이 정착되어 있다. 겉으로는 잘 살면서도 분노의 얼굴들로 가득 찬 우리 현실을 보면 분명해진다. 2015년도 '세계행복지수'를 보면, 우리는 조사대상국 143개 국 중 118위로 최하위권이란다. 자살률 세계 3위라는 불명예도 가지고 있다. 세계가 칭찬하는 기적 같은 경제성장을 이루고도 왜 우리는 행복하지 못한 나라가 되었을까.

모든 국가에는 그 나라를 운용하는 기본적인 시스템이라는 게 있다. 그 첫째가 정치다. 정치는 나라의 골격과 같은 것으로 없어서 안 되는 것이지만 우리의 정치는 더럽고 추한 아킬레스건이다. 우리가 가지고 있는 앞서가는 분야들이 이 4류 정치에 묶여 앞으로 나가지 못하고 있다. 정치도 결국은 인간이 운용하는 제도로, 사람이 하는 일이다. 국회나 정치인들 모습을 보면 이 땅의 정치가 어디에 있는지를 잘 말해주고 있다. 4류정치의 책임은 정치인뿐 아니라 유권자인 국민들에게도 있다. 민주주의란 국민이 직접 선거에서 대표를 뽑는 게 아니던가. 그래서 한 나라의 정치는 그 국민의 수준이라고 한다.

국가를 운용하는 시스템으로 교육제도를 빼놓을 수 없다. 선진국 문턱을 넘지 못하게 하는 또 하나의 걸림돌이 바로 '붕괴된 공교육'이라고 할 수 있다. 지금 우리의 교육은 진정한 의미의 교육이 아니다. 일류병에 얽매여 있는 사교육은 '대학입시' 장사꾼들의 가게처럼 보인다. 우리나라가 아직도 노벨상 수상자를 배출하지 못하고 있는 이유도 기초학문이 약하기 때문이다. 기초학문은 공교육만이 할 수 있는 기능이기 때문이다. 사교육이 배출한 세대들의 한심한 행태를 보면 국가의 장래가 암울하다. 인간교육, 전인교육을 받지 못한 '기본이 안 된 인간들'이 넘치고 있다. 물론 그들만의 책임이 아니다. 부모 세대의 책임도 크기는 마찬가지다. 무조건 고학력만 추구하는 우리의 대학입시 제도는 시간 낭비요, 인간 낭비다.

선진국을 여행하며 늘 부러운 것이 그 나라의 엄격한 공공질서였다. 온갖 소음으로 사람을 괴롭히는 건축현장도, 시끄러운 스피커 소리도, 폭력시위 소란도 눈에 띄지 않았다. 왜 우리는 그들 못지않게 가지고 있으면서도 그들처럼 살지 못하는가. 이는 결국 사고방식의 문제며 가치관의 문제인 것 같다. 우리가 선진국 문턱을 못 넘는 문제가 무엇인지를 확실하게 알아야 한다. 그리고 그 문제를 개선하려는 굳은 의지가 있어야 한다. 가장 중요한 문제는 '정치와 교육'이다. 정치와 교육이 제자리를 잡으면 다른 분야는 저절로 따라

오게 돼 있다. 우리는 10년 이상 선진국 문턱에 머무르고 있다. 경제개발 성공처럼 의식개혁도 성공하여 선진국 대열에 서야 한다.

매헌梅軒 기념관

12월, 한 해의 마지막 등산모임이 있는 날이다. 아침에 일어나 밖을 내다보니 하얀 눈이 수북이 쌓였다. 둘레길 출발 지점인 '양재 시민의 숲' 역에는 약속시간보다 다소 늦게 도착했다. 지하철을 내려 시민의 숲에 들어서니 늘 넓고 시원스럽던 공간이 오늘은 흰 눈 속에 묻혀 있다. 출발 전에 매헌 기념관을 관람하기로 했다. 더러 이곳을 지난 적은 있지만 기념관 안에는 한 번도 들어가지 못했었다.

휴일 이른 시간이라 기념관 안에는 우리 일행들뿐이었다. 1988년 12월 건립된 이 기념관은, 매헌 윤봉길 의사의 삶과 업적을 바르게 알리고, 독립 운동가의 뜻을 기리기 위해 국민들 성금으로 설립되었다.

기념관 1층에 들어서니 태극기를 뒤로 하고 매헌의 동상과 흉상胸像이 늠름하게 서 있다. 매헌의 생애와 업적들이 유품과 더불어 연대별로 진열되어 있다. 매헌은 시골 서당에서 유학儒學을 공부하였다. 그가 지은 한시漢詩가 오늘날까지도 전해진다. 부흥원을 설립하여 농촌 계몽운동을 주도하였으며, 월진회라는 조직을 만들어 항일 무장 투쟁을 주창하기도 했다.

매헌은 1930년 "장부출가 불생환丈夫出家不生還"이란 비장한 글을 남기고 정든 고향땅을 떠나 중국으로 갔다. 1931년 상해에 도착, 백범 김구 선생을 만나 조국 독립운동에 헌신할 뜻을 전했다. 1932년 드디어 매헌은 대한민국 임시정부 한인애국단 일원으로 의거에 참여했다. 상해 홍구 공원에서 열린 일본군 전승 축하 기념식에서 단상을 향해 폭탄을 투척하여 중국 침략에 공을 세운 많은 일본군 두목들을 살상하는 쾌거를 이룬 것이다. 이 사건을 계기로 중국 국민당 정부는 우리의 임시정부를 적극 지원하기 시작했다. 우리의 항일 운동과 독립 투쟁에 활력이 생겼다.

기념관 관람이 거의 끝나갈 즈음, 한 진열대에 유품 시계가 눈에 띄었다. 유품 시계를 바라보며 안내문을 읽다가 나는 잠시 넋이 나간 듯 서서 발자국을 뗄 수가 없었다. 폭탄 투척 임무를 부여받은 1932년 4월 19일 아침, 매헌과 백범이 아침식사를 하는 자리였다고 한다. 매헌이 백범 선생께 "선생님! 이 시계는 제가 애국단 입단 선서 후 6원을 주고 산 시계입니다. 선생님 시계는 2원짜리이니 제 것하고 바꾸십시다. 제 시계는 한 시간 후에는 쓸데가 없으니까요." 이 회중시계를 받아든 백범은 다가온 죽음 앞에서도 태연한 그의 모습에 "후일 지하에서 만납시다"라고 답하며 역사적 거사의 성공을 기원했다고 한다.

원래의 백범 시계는 의거가 성공하고 사형 집행을 받는 순간까지 매헌이 차고 있었고, 원래의 매헌의 시계는 백범이 1949년 안두희의 총에 맞아 서거하는 순간까지 백범이 차고 있었다는 것이다. 의거를 수행하고 사형 집행을 받을 당시 매헌의 나이 스물다섯이었다.

태평양 전쟁에서 패망 후 일본은 미국 전함 미주리호 함상에서 항복 문서에 서명했다. 이 조인식에서 문서에 서명한 일본의 '주광규' 외상은 다리를 절고 있었다. 그는 바로 홍구 공원에서 매헌의 폭탄 의거 때 불구가 되었던 자였다.

우리 민족은 씩씩한 기상과 꿋꿋한 절개를 가지고 살아왔다. 우리와 똑같이 일본 제국주의로부터 침략을 당했던 중국이지만 그들이 우리 선열들처럼 항일운동을 한 역사는 찾아보기 힘들다. 상해에서 일본 수뇌부에 폭탄을 던진 윤봉길 의사, 만주 하얼빈에서 조선 통감 이토 히로부미를 저격한 안중근 의사, 일본 천황에게 수류탄을 던진 이봉창 의사…… 우리 애국선열들의 쾌거에 중국 사람들은 우리 민족을 우러러보았다. 그만큼 우리 민족의 기상은 강하다는 생각이 든다. 오늘날 중국의 하는 짓을 보면 덩치만 클 뿐 대국다운 모습을 찾아볼 수 없다.

진열장 위 시계를 바라보며 넋이 나간 듯 발을 뗄 수 없던 이유가 무엇 때문이었을까. 삶과 죽음, 시간과 시계, 25세 청년의 죽음을 초월한 애국심과 국가관이 내 나이 25세 시절을 떠올리게 만들었다. 나는 그때 군 복무를 마치고 복학하여 취업 걱정이나 하고 친구들과 어울려 놀며 자유분방하던 시대였다. 국가관이나 애국은 생각도 하지 못했다. 그런 나의 그 세월이 몹시 부끄러웠다.

오늘의 25세 젊은이들 모습도 생각해본다. 그들이 과연 국가나 민족 이라는 걸 생각이나 하고 있을까 하는 걱정이 앞선다. 매헌 기념관 문을 나서니 눈은 그치고 양재 시민의 숲이 정적에 빠진 듯싶게 조용했다.

사랑의 지혜

인간에게 가장 큰 행복을 가져다주는 감정은 사랑이다. 동시에 가장 큰 불행을 안겨줄 수 있는 감정도 사랑이다. 내가 사랑하는 사람이 이성이든, 친구든, 부모 자식사이든 간에, 누군가를 사랑하는 마음의 이면에는 그도 나를 사랑해주길 바라는 무의식적인 욕망이 깔려 있다. 우리들은 사랑하는 사람을 사랑할 수 있다는 것만으로 행복하다고 이야기한다. 겉으로는 물론 이런 표현이 가능할는지도 모르겠다. 그러나 이것만으로 사랑이 곧바로 행복이라고 만족할 사람은 거의 없을 것이다.

사랑이라는 감정을 가졌을 때 우리가 소망할 수 있는 가장 큰 행복은 '사랑하는 사람으로부터 사랑받는다는 것'이 아닐까? 불행하게도 내가 사랑하는 사람이 나를 사랑하지 않는 경우는 우리 일상생활에서 자주 발생한다. 바로 여기에 사랑이 낳을 수 있는 불행이 숨겨져 있는 것이다. 이때 사람들은 그 사람을 사랑한 것 자체를 후회하고 때로는 저주하는 경우도 있다. 사랑의 감정이 미움의 감정으로 바뀌어 불행을 초래하는 시작이 되는 것이다.

인간은 누구나 이성理性과 감성感性이라는 두 가지 감정을 가지고 있다. 사람이란 감성의 동물인가, 아니면 이성의 동물일까? 인간은 이성과 감성을 다 지니고 있지만 한 쪽으로 치우친 감정만으로는 세상을 살아가기 힘들다. 사랑의 감정은 이성보다는 감성 쪽에 더 치우치는 경향이 있다. 사랑의 감성에 흠뻑 젖어 있는 사람에게서 이성을 찾기란 쉬운 일이 아니다. 상대방을 미워하고 원한을 품는다는 건 사랑보다는 증오의 감정에 치우쳐 있기 때문이다.

누군가를 진정으로 사랑하려면, 상대가 누구이며, 그가 무엇을 원하는지를 알아야 한다. 그러나 불행히도 우리는 누군가를 알아서 사랑하는 게 아니라, 사랑하기 때문에 그를 알려고 하는 것이다. 서로 살아온 환경이 다르고 성격이나 개성도 각각이다. 뿐만 아니라 취향이나 감흥感興도 같을 수가 없다. 참된 사랑은 내가 사랑하는 사람에 대한 선입견이나 편견을 버려야 가능하다. 사랑의 감정이 때로는 미움의 감정으로 바뀌는 것은, 서로가 다른 것을 바라보게 되는 데 따른 소통 부재가 가장 큰 원인이다. 뿐만 아니라 이기심과 욕심이 똬리를 틀고 있다.

사랑하는 남녀에게 한때는 전부였던 그녀, 혹은 그 남자였다. 세월이 흐르면서 전부는커녕 일부도 안 되는 사이로 바뀌는 현실은 사랑에 균열龜裂이 일고 있다는 증거다. 아무리 사랑해도 세월이 흐르면 권태가 생긴다. 일상생활에서 타성惰性과 권태는 사랑을 좀먹는 암과 같은 존재다. 한때는 바로 곁에 있어도 그립던 사람이 지금은 멀리 떨어져 있어도 시큰둥해지는 것은 바로 이런 이치 때문이다. 사랑의 권태를 극복하는 길은 '사랑의 초심'을 잃지 말아야 하며 상대에 대한 기대를 조금이라도 낮추도록 노력해야 한다. 뿐만 아니라 능력껏 마음을 비우는 일에 최선을 다해야 할 것이다.

잘 어울리는 남녀는 서로 바라보는 지향점이 비슷한 게 바람직하다. 서로 살아온 환경이 다르고 성격이나 개성도 다를 뿐 아니라 취향도 같을 수는 없다. 그러나 서로 바라보는 지향점이 비슷하면 조화롭게 어울릴 수 있는 게 사실이다. 서로가 바라보는 지향점이 어긋나 있으면, 두 사람의 생각도 서로가 다르게 된다. 생각이 다르면 각자 다른 행동을 하는 게 인간의 본성이다. 사랑은 누가 가져다주는 것이 아니다. 내가 누군가를 사랑했던 그 초심을 잃지 말아야 한다. 그러기에 사랑에는 지적 소양이 중요하고 인간적 성숙함이 요구된다고 하겠다.

물질과 명예는 개인의 재능과 능력으로 이룩할 수가 있다. 그러나 찬란한 행복의 성城은 사랑의 지혜로 쌓을 수가 있을 것이다. 자기 자신을 조망하고 관조하며 서로를 위하는 것에 더욱 힘써야 한다. 그러지 않으면 전부였던 사랑이 어느 날 일부분도 못되는 비극으로 변하게 된다. 사랑의 비극은 막아야 한다. 사랑하기 때문에 사랑하는 사람을 파괴한다면 그보다 더 큰 비극이 어디에 있겠는가. 지혜로운 사람들의 사랑은 더욱 아름다울 것 같다. 신록의 계절 5월이다. 어린이 날, 어버이 날, 스승의 날, 부부의 날, 가정의 날…… 사람은 행복하기 위해 사랑이 필요하다. 그 어느 때보다도 사랑의 지혜가 절실한 계절이다.

어린이 교육

컴퓨터로 전송되던 E-mail이 언제부턴가 카톡으로 오기 시작했다. 오랜만에 컴퓨터를 열어보니 한 친구에게서 메일이 와 있었다. 메일을 읽어 내려가며 나도 모르게 가슴이 뛰고 얼굴이 화끈거리는 걸 느껴야만 했다. 정년을 맞은 어느 초등학교 교장선생님이 국내여행을 했었다고 한다. 관광지에서 초등학교 어린이들 수학여행 목격담을 실은 글이었다.

어느 가을날 경주 불국사 앞뜰은 관광객들로 붐비고 있었다. 그 많은 사람들 중에 초등학교 어린이들 행렬이 눈길을 끌었다. 네 학급의 한국 어린이들과 두 학급의 일본 어린이들이었다. 글쓴이는 교장선생님 출신인지라 두 나라 어린이들의 하는 모습을 유심히 지켜보게 되었다고 한다. 일본 어린이들은 질서정연했다. 그러나 우리나라 어린이들은 제멋대로였다. 김밥, 과자 등을 서로에게 던지며 피하느라 아수라장이었다. 어머니가 정성스럽게 싸준 김밥을 돌멩이처럼 던지고 장난 하는 것도 그렇지만, 던져서 여기저기 떨어진 김밥덩이들을 어떻게 하란 말인가?

그때 일본 어린이 한 명이 일어나서 물었다. "선생님! 저 아이들은 왜 저렇게 난리를 피우는 거예요?" 일본 교사는 곁에 일본 말을 알아들을 사람이 없는 줄 알았는지 이렇게 말했다. "응, 조선은 옛날 우리의 하인과 같은 나라였는데 지금은 좀 잘 살게 되었다고 저 모양이구나. 하는 짓을 보니 저러다가 다시 우리 하인이 될 게 뻔해 보이는구나." 일본 교사의 얼굴은 진지해 보였다. 우리나라가 다시 일본의 지배를 받게 될 것이라는 말을 아이들 앞에서 어떻게 저렇게 당당하게 할 수 있단 말인가. 일본 사람들은 아직도 그런 생각을 가지고 우리나라를 대하고 있는 건 아닐까 하는 걱정이 들었다.

서글픔과 안타까움으로 어린이들을 계속 지켜보니 역시 걱정 했던 일이 벌어지고 있었다. 우리나라 교사들은 아무 일도 없다는 듯 아이들을 데리고 그 자리를 떠났다. 아이들이 떠난 자리는 김밥과 과자들로 온통 난장판이 되어 있었다. "아이들을 나무라지도 않더니 어쩜 저렇게 더럽혀진 모습을 보고도 그냥 떠날 수 있단 말인가" 하는 원망이 앞섰다.

일본 아이들은 달랐다. 선생님 지시가 없었는데도 음식 부스러기들을 주어서 쓰레기통에 버리기 시작했다. 그것을 본 전직 교장선생님은 일본 학생에게 물었다. "저 아이들은 함부로 버리고도 그냥 갔는데 왜 너희들이 이렇게 치우는 거니?" 일본 아이들은 일본말로 묻는 게 이상하였던지 힐끔 쳐다보며 이렇게 대답했다. "모두가 이웃 아닙니까? 우리가 버린 것이 아니라도 더러운 것을 치우는 것이 뭐가 이상합니까?"

친구가 보낸 메일을 모두 읽고 나니 긴 한숨만 나오고 답답한 기분뿐 이었다. 우리는 조선조 말 일본에 강제로 합병 당해 치욕의 세월을 살아 온 슬픈 역사를 가지고 있다. 약소국을 침범한 일본을 나무라기에 앞서 왜 우리는 나라를 빼앗겼는지 먼저 반성해야 한다.

과거 가톨릭 교계에서 '내 탓이요'라는 자기반성 캠페인을 벌여 많은 국민들로부터 호응을 받은 적이 있다. 어떤 일이 안 되거나 잘못 되면 남 탓으로 돌리는 우리의 단점을 수정하고, 국가 사회 발전에 자기의 잘못을 인정하고 좋은 방향으로 나아가자는 운동이었다.

"조선은 옛날 일본의 하인 나라였는데 지금은 좀 잘 살게 되었다고 무질서하고 시끄럽게 야단을 떤다"는 일본 교사의 이야기는 우리 온 국민이 깊이 새겨 들어야 할 것 같다. "하는 짓을 보니 저러다가 다시 우리 하인이 되고 말 것 같구나" 하는 말은 섬뜩한 기분마저 일게 하는 비수匕首 같은 말이다. 일본에 강제 합병된 부끄러운 역사의 원인은 "내 탓이요"에서 먼저 찾아야 할 것 같다.

정신분석가들은 인간의 정신은 생후 3년 동안 65%, 여섯 살까지 95%가 형성된다고 했다. 세 살까지 형성된 인성을 중심으로, 여섯 살까지 배운 인간관계를 토대로 하여 세상을 살아간다고 했다. "세 살 버릇 여든 간다"는 속담은 틀린 말이 아니다. 전통적인 가정교육이랄 수 있는 밥상머리 교육은 사라진 지 오래 되었다. 인성과 덕성이 빠진 학교교육은 지식 위주 교육뿐이다.

'정치꾼 단체' 소속 교사들의 어린이 교육은 상식을 벗어나고 있다. 인성과 예절을 배우지 못하는 어린이들이 질서를 지키고 남에게 피해를 주어서는 안 된다는 생각을 할 수 있겠는가. 어린이 교육이 국가의 백년대계라는 걸 국가 지도자나 정치인들은 심사숙고할 때다.

영상문화 시대

대도시 속의 교통체증은 늘 우리를 짜증나게 한다. 약속시간 맞추기 어려운 건 물론이고, 소통을 기다리는 시간이 지루하고 야속하다. 시간도 아깝고 스트레스를 받게 되어 정신적으로도 피곤하다. 언제부턴가 버스나 택시 같은 지상교통보다는 전철을 이용하는 게 습관이 되었다. 교통체증을 피하고 무임승차까지 하니 일거양득인 셈이다. 주말에 서울에 머무는 동안 이동수단은 거의 대부분이 전철이다. 그러고 보니 어느새 전철 문화에 익숙해졌다. 차량 앞뒤로 구석에 세 사람이 앉는 교통약자를 위한 자리가 있다. 나머지 좌석들은 모두 일곱 사람씩 앉아서 간다.

빈 자리가 없으면 앉아 있는 승객들 앞에서 손잡이를 잡고 서서 가게 마련이다. 심심치 않게 눈에 띄는 전철 안의 풍경이다. 좌석에 앉아 있는 사람 일곱 명은 모두 약속이나 한듯 스마트폰만 들여다보고 있다. 귀에는 리시버를 끼고 핸드폰 화면만 응시할 뿐이라 옆 사람과의 대화는 생각할 수도 없다. 다른 승객들에게는 전연 신경을 쓰지 않는다.

앉아 있는 사람들 핸드폰 화면도 각양각색이다. 대학생인 듯한 청년은 게임을 하느라 정신이 없어 보이고, 직장인으로 보이는 젊은 여인은 카카오톡으로 누군가와 대화중이다. 정장을 한 어느 중년신사는 드라마인지 영화를 본다. 화면 따라 수시로 바뀌는 얼굴 표정이 재미있다.

전동차가 지상으로만 달리던 옛날 풍경이 아련하게 떠오른다. 그때는 나이 많은 사람이 앞에 서 있으면 자리를 양보하는 시늉이라도 했었다. 전차 안에서는 옆 사람과 이야기도 나누고 책이나 신문을 보기도 한다. 읽던 신문을 옆 사람에게 권하기도 했다. 그 시절 사람들이 '활자문화' 세대라면, TV나 스마트폰에 의지하는 오늘의 세대는 '영상문화' 세대로 보아야 할 것 같다. 1980년도에 시작된 컬러TV 방송은 영상문화에 말그대로 혁명적인 변화를 몰고 왔다. 영상매체의 발달로 인해 '읽는' 문화는 '보는' 문화로 대체되었다. 영상문화 세대의 '나홀로' 행동은 지하철 안에서만 있는 게 아니다. 복잡한 길을 걸으면서도 핸드폰 화면만 바라보고 간다. 길을 묻는다는 건 불가능하고 행인끼리 부딪치는 교통사고만 없어도 다행이다. 활자문화 시대에는 정감과 인정이 있었는데……. 모든 게 사라진 오늘의 세태가 야속하다.

책을 읽고 사고하며 행동하는 활자문화 세대는 내가 아닌 남을 먼저 생각했던 것 같다. 화면만 바라보고 즉각적인 행동을 하는 영상문화 세대들은 어떤가. 이웃이나 다른 사람에 대한 생각보다는 자기중심적으로 행동한다. 오늘날 범죄행위가 과격해져 사회적 물의를 일으키는 원인도 범람하고 있는 폭력적 영상물에 그 하나의 원인이 있다고 할 수 있다. 한글의 창제나 금속활자의 발명은 우리 문화의 창의성을 말해주는 좋은 실례다. 우리나라는 목판이나 금속활자를 인류 최초로 사용한 인쇄문화 선진국이다. 텔레비전을 바보상자라고 하는 독일 사람들은 독서를 많이 한다고 한다. 책을 많이 읽는다는 건 사고력을 키우는 지름길이다.

라디오나 텔레비전이 우리보다 먼저 발달했던 선진국에서도 TV를 보거나 라디오를 듣는 것보다는 책이나 신문 같은 텍스트를 많이 읽으라고 권유하고 있다. 독서는 인간의 두뇌를 자극하여 치매를 예방하는 효과도 있다고 한다. 뿐만 아니라 일상생활에서 받는 스트레스를 해소해준다. 읽는다는 것이 무엇보다 중요한 건 '앎의 즐거움Knowledge'을 가져다준다는 사실이다. 직업, 돈, 건강 등은 빼앗기고 잃을 수도 있지만 머릿속에 들어 있는 지식은 죽을 때까지 온전히 내것이다. 독서는 사물의 이치를 궁리하여 깨닫게 하는 사고능력을 키워준다.

활자문화와 영상문화 세대 사이에는 같은 사물이나 대상에 대한 인식에도 차이가 있다. 동일한 지식이라도 영상 문화세대보다는 활자문화 세대의 인식에 깊이가 있다. 훌쩍훌쩍 스쳐지나가는 영상물을 바라보는 순간은 사색이 어렵다. 활자매체를 읽는 시간에는 사색과 사유가 가능하다. 읽으며 생각하고 궁리를 한다는 건 지식의 폭이 넓고 깊어진다는 의미다. 풍부한 지식과 논리적 사고력, 표현력은 글쓰기의 전제조건이라는 생각도 든다. 영상물만 바라보며 단순한 즐거움에 빠지기보다는 글을 읽으며 사색하는 일상생활이 바람직할 것 같다.

인생 시간표

인생 나이 60을 넘으면 주위 사람들이 하나 둘 떠나고 외로운 인생길 나그네가 된다. 나이가 들어간다는 것은, 천천히 혼자가 되어 간다는 의미다. 그래서 나이가 들면 혼자 있는 시간이 많아지고, 혼자 밥 먹고 술도 먹는 혼밥, 혼술 시간도 많아진다.

한편으로 나이가 들어간다는 것은 자신을 되돌아볼 수 있는 기회이기도 하다. 아른거리는 지난 세월의 시간들, 아름답고 그리운 추억, 힘들고 고통스러웠던 나날들……. 이제는 저녁노을을 함께 바라보는, 조금은 여유로움 속에 지난 세월을 되돌아보게 된다.

지금까지 쌓은 경륜과 지혜로, 자신을 더 멋지고 향기롭게 다듬어가야 한다. 향기로운 노년을 위해 외로움을 느끼지 않도록 취미를 만들고, 공허함이 밀려오지 않도록 바쁘게 움직이며 삶을 즐겨야 한다.

몇 해 전 『아프니까 청춘이다』라는 책이 나와 2·30대 청년들에게 크게 감동을 주고 갈채를 받은 적이 있었다. 저자 김난도 교수는

'인생 시계' 라는 개념을 이야기했다. 김 교수는 대학입시나 취업에 실패하고 실의에 빠지는 젊은이들이 좌절하지 않도록 격려하기 위한 뜻으로 이야기한 것 같다.

'인생 시간표'는 사람의 나이(평균수명 80세)와 하루(24시간)를 비교하는 시간표다. 20세 청년은 인생 시간표에서 오전 6시로, 30세 젊은이의 시간표는 오전 9시로 보는 것이다. 오전 6시부터 오전 9시까지는 하루가 시작되는 출발선이나 마찬가지다. 실망과 좌절을 하기에는 너무 이른 시간이다. 60세의 인생 시계는 오후 6시, 70세는 오후 9시가 된다. 그 시간이면 지난 하루를 돌아보며 안락한 휴식을 취하는 나이이기도 하다.

그러나 노년기라도 열정을 가지면 위대한 업적을 남길 수 있는 것 같다. 괴테는 80세가 넘어 『파우스트』를 완성하였고, 미켈란젤로는 로마의 성 베드로 대성전의 돔을 70세에 완성하였다. 뿐만 아니라 베르디, 하이든, 헨델 등도 고희를 넘어 불후의 명곡들을 작곡하였다.

세계 역사상 최대 업적의 35%는 6~70대에 의해, 23%는 7~80대에 의해, 그리고 6%는 80대에 의해 성취되었다고 한다. 결국 역사적 업적의 64%가 60세 이상의 노인들에 의하여 성취되었다는 것이다.

사람이 사람답게 사는 것을 '웰빙wellbeing'이라 하고, 사람답게 죽는 것을 '웰다잉welldying'이라고 한다. 그리고 사람답게 늙어가는 것을 '웰에이징wellaging'이라고 한다. 영국의 어느 노인심리학자는 인생의 4분의 1은 성장하면서 보내고, 나머지 4분의 3은 늙어가면서 보낸다고 하였다.

사람이 아름답게 죽는다는 것은 여간 어려운 일이 아니다. 그러나 더 어려운 것은 아름답게 늙는 것이라고 한다. 행복하게 늙어가는 것은 쉽지 않은 일이다.

아름답게 늙어가기 위해서는 일과의 관계가 중요하다. 나이가 들수록 열정을 잃지 말아야 한다. 역사적 업적의 64%를 이룩한 노인들은 그 열정이 아니면 불가능했을 것이다.

인간의 삶이란 뒤를 보는 게 아니라 앞을 보며 달려가는 긴 여정이라고 했다. 기러기도 하늘을 날 때 뒤를 돌아보지 않는다. 우울한 사람은 과거에 살고, 불안한 사람은 미래에 살며, 평안한 사람은 현재를 산다고 했다.

노년을 초라하지 않고 우아하게 보내는 비결은 사랑, 여유, 용서, 아량, 부드러움의 자세로 대인 관계를 유지하는 일이다. 노년은 결승점에 가까워질수록 열정을 잃지 말고 최선을 다해 뛰어야 한다.

인생 후반전은 여생餘生이 아니라 후반생後半生으로 생각해야 한다. 인생의 시간표로 보면 내리막 길 같지만 내세來世를 향해 새 인생을 시작할 때이다.

스페인의 시인이자 사상가인 조지 산타나가 한 말이 있다. "울어본 적이 없는 청년은 야만인이고, 웃으려고 하지 않는 노인은 멍청이다."

자동차 문화

아주 오랜 옛날 어린시절에 집에서 꽤 먼 거리에 있는 신작로新作路를 찾아갔던 기억이 난다. 포장되지 않은 도로 위를 달리는 '자동차 구경'을 하러 간 것이다. 뽀얀 먼지를 일으키며 빠르게 달려가는 자동차를 신기하게 바라보던 추억이 영원히 잊히지 않고 있다. 지금은 자동차가 없으면 불편해서 살기 힘든 세상이 되었다. 선진국들보다는 늦었지만 우리도 이제는 자동차가 생활필수품이 되어가고 있다. 내가 자동차 운전을 시작한 지도 어느덧 사십여 년 세월이 지난 것 같다. 운전 면허증을 따기 위해 노심초사했던 그 시절을 회상하며 때로는 홀로 웃음을 짓기도 한다.

자동차가 있기 전에는 사람이나 짐승의 힘으로 수레를 끌었다. 그러나 자체의 힘에 의해 스스로 달리는 수레는 항상 인간의 꿈이었던 것 같다. 19세기 말에 오늘날과 같은 자동차가 실용화되었다고 하며, 우리나라에 처음 자동차가 들어온 건 1911년 미국산 포드형 승용차였다고 한다. 그 차를 조선왕조 고종 임금이 처음으로 탔다는 게 이채롭다. 자동차는 이제 사람 및 물자의 교류와 정보의 교환을 위하여 현대사회에서는 필요불가결한 존재가 되었다. 자동차산업이 선진국 수준에 이른 우리나라에서도 이제는 자동차와 관련된 각종 문화 현상이 나타고 있다.

집집마다 승용차를 소유하는 게 이제 자연스러운 현상이 되었다. 젊은 신혼부부들은 집은 없어도 차는 있어야 한다는 생각을 하고 있다. 주말에 가족들과 함께 관광지를 찾고 여행을 즐기는 모습이 옛날에는 선진국에서나 볼 수 있는 부러운 현상이 아니었던가. 황금연휴나 민족 명절에 즈음하여 전국 고속도로가 주차장처럼 정체되어 있는 걸 자주 보게 된다. 국토 면적은 좁은데 자동차는 계속 늘어나고 있으니 주차공간도 심각한 사회 문제가 되고 있는 것 같다. 도로 주변에 자동차를 세워놓는 걸 우리는 크게 신경을 쓰지 않는다. 일본이나 미국 유럽 선진국에서는 도로 주변이나 주택가 골목에 자동차를 세워놓는 걸 보지 못했다.

어느덧 승용차가 그 소유자의 재력이나 신분을 상징하는 지경에까지 이르렀다. 관청이나 회사 등 큰 빌딩을 드나들다 보면 경비원들이 일반 중소형 자동차는 일일이 검문을 하다가도 대형 고급승용차에 대해서는 거의 제지를 하지 않고 오히려 깍듯한 예우를 하는 경우를 자주 본다. 골프장도 마찬가지다. 소형차나 경차는 거의 찬밥 신세다. 자동차가 사람의 가치를 결정한다면 이건 너무 황당한 일이 아닌가. 그러나 이런 현상은 우리의 뜻과는 상관없이 벌어지고 있는 사회현상이다. 생활의 이기利器가 인간을 평가하는 기준이 된다면 부끄러운 일이다.

자동차 문화와 관련해 몇 년 전 오스트리아 비엔나에서 겪었던 일이 떠오른다. 일행이 저녁식사를 하러 승용차를 타고 가던 중 사거리에서 신호등에 걸려 정차 중이었다. 직진 신호를 받고 서 있는 우리 차를 우회전하던 승용차가 범퍼를 툭 치고 지나갔다. 그러나 우리 차 안에서는 운전자나 동승자 누구도 아무런 신경을 쓰지 않았다. 우리의 현실과 비교하면 이해가 되지 않는 장면이었다. 우리의 경우, 일단 차를 세우고 시시비비를 가린다며 소란을 피우다가 혼잡을 일으키고 결국 교통경찰까지 등장하는 게 우리의 사정이다. 자동차의 범퍼Bumper란 원래가 자동차끼리 부딪칠 때 충격을 완화하기 위한 완충장치가 아니던가. 차가 크게 훼손된 경우가 아니면 서로가 양해하는 게 그들 자동차 문화라고 했다.

신작로 위를 네 바퀴로 달리는 자동차를 신기하게 바라보며 부러워했던 어린이가 지금은 직접 운전을 하며 세상을 살고 있으니 꿈같은 일이 아닌가. 내게도 승용차는 생활필수품이 된 지 오래다. 혹시라도 차가 없는 날이면 이만저만 불편한 게 아니다. 경제발전 덕택에 찾아온 물질적 풍요는 '마이카' 시대를 구가하기에 이르렀다. 승용차가 생활화된 우리의 자동차 문화도 지금보다는 더 성숙해져야 하겠다.

페이스메이커

요즈음 러시아 월드컵 열기로 밤잠을 거르기 일쑤다. 예선 탈락한 우리나라는 경기가 없지만, 그래도 많은 경기가 사람들의 흥미를 끈다. 어느 운동 경기나 승패가 있고 우승자와 패자가 있게 마련이다. 승자는 환호하고 패자는 침울하다.

사실 관람자의 입장에서 보면 그 경기의 승패는 사실 나와 아무 상관이 없다. 그들의 승리로 내가 얻는 것도 없고, 그들의 패배로 내가 잃는 것도 없다. 그런데도 우리는 환호하고 열광한다. 그만큼 스포츠는 순수한 것 같다.

각종 스포츠는 게임에서 상대와 부딪치고 밀고 당기며 힘을 겨룬다. 유일하게 상대와 부딪치지 않고 홀로 달리는 운동이 마라톤이다. 마라톤은 42.195km를 홀로 질주하는 고독한 스포츠다. 어쩌면 마라톤은 우리들 인생길 같은 스포츠이기도 하다.

두 시간, 세 시간, 심지어 네 시간 넘게 내내 달리기만 하는 마라톤의 고된 여정이 사람의 삶과 닮은 데가 있다. 마라톤 전 코스를 달리는 동안 선수들은 많은 걸림돌과 만나게 된다. 가파른 길, 찌는 듯한 더위, 목마름이나 다리 통증 등은 외적 장애물이다. 그러나 가장 큰 적은 내적 장애물이다. '이 힘들고 어려운 달리기를 왜 해야 하는가' 하는 물음에 답을 할 수 없게 되는 순간, 선수의 두 다리는 그 자리에서 멈추게 된다.

모든 스포츠와 마찬가지로 마라톤도 승리를 위한 전략이 있다. 그냥 아무 생각 없이 죽어라 뛰는 것처럼 보이지만 실제로는 치밀한 전략이 있다고 한다. 출발에서부터 10km 단위로 구분하여 각 구간마다 별도의 전략으로 대응한다. 각 구간에 따라 대응 전략이 조금씩 차이를 보이지만, 뭐니 뭐니 해도 가장 중요한 건 자기 페이스를 유지하는 일이다. 사람의 힘은 한계가 있어서 한꺼번에 써버리면 차질이 생긴다. 빨리 가고자 하는 마음 때문에, 혹은 다른 선수들이 앞으로 치고 나간다고 해서 따라 나서면, 한 방에 나가떨어지는 수가 있다. 소위 오버페이스라는 실책이다. 자기 페이스를 지키는 게 가장 중요하다. 이봉주 선수의 페이스는 100m를 17초에 달리는 속도였다고 한다.

마라톤 경기에서는 페이스메이커Pace maker라는 사람이 있다. 선수가 17초대든 20초대든 자기 페이스를 유지하며 뛰도록 만들어주는 사람이다. 대개 선두 그룹에 함께 뛰면서 자기 편 선수들이 페이스를 유하게 해주면서, 조금 더 속도를 올리도록 도와준다. 선수들은 페이스메이커의 도움을 받아 자기 속도를 내거나 체력 조절을 잘 해서 성적을 끌어올리곤 한다. 때로는 페이스메이커가 우승을 하는 경우도 있다. 1992년 바르셀로나 올림픽에서 금메달을 딴 황

영조 선수도 페이스메이커 출신이라고 한다.

마라톤은 스포츠에만 있는 게 아니다. 흔히 우리는 인생을 여행길에 비유한다. '생즉도生卽道'라고 했다. 사람이 세상을 산다는 것은 자기의 길을 가는 것이다. 저마다 무거운 짐을 지고 자기의 길을 달려가는 나그네인 것이다.

마라톤이 출발선에서 종점에 도착하듯, 인생길도 출발점에서 인생을 마감하는 순간까지 계속 달려가는 길인 것이다. 사람의 일생을 '인생 마라톤'이라 해도 좋을 것 같다. 스포츠나 인생의 마라톤에서 적절한 페이스를 유지하기 위하여 전략이 있어야 하고, 페이스메이커 또한 필요하다. 살아가면서 내 곁에 조력자가 있다면 그것은 바로 인생의 페이스메이커다.

우리는 인생길을 올바른 방향으로 가야 한다. 올바른 길을 가되 우리는 적절한 속도 알맞은 걸음걸이로 가야 한다. 너무 급하게 서두르면 자빠져서 다치거나 사고를 일으킨다. 인생의 과속은 반드시 불행을 초래 한다. 마라톤의 오버페이스 결과가 되는 셈이다. 반대로, 인생길에서 과속도 문제지만 너무 서행을 하면 남에게 불편을 끼친다. 바른 길을 찾아 똑바로 가기란 쉬운 일이 아니다. 그러기에 인생길에서도 방향과 속도를 조절하고 도움을 줄 수 있는 '인생 페이스메이커'가 필요하다.

스포츠에서 마라톤 전략은 자기 페이스를 유지 하며 가장 빠른 속도로 테이프를 끊으면 우승의 월계관이 주어진다. 그러나 인생길 마라톤에서는 스피드가 아니라 '인생의 성공'이 우승의 초점이다.

인생의 의미와 목적이 무엇일까? 달라이 라마는 "삶의 목표는 행복에 있다"고 했다. 종교나 철학적 의미가 아니면 많은 사람들이 살아가는 목적을 행복에서 찾고 있는 것 같다. 개개인의 삶에서 충분한 만족과 기쁨을 느끼며 흐뭇할 수 있으면 그것이 곧 행복이다. 만족과 기쁨을 누리는 삶은 사람마다 다르다. 자기희생과 봉사로 사랑을 베풀며 평생을 살았던 사람들은 모두가 인생 마라톤의 우승자였다.

평창올림픽

평창 동계올림픽이 시작되었다. 올림픽은 월드컵 축구와 함께 세계인들을 감동시키는 가장 큰 스포츠 행사다. 근대 올림픽의 기원인 1894년 이래 올림픽 경기는 정치적 격변과 종교적, 인종적 차별 속에서도 '세계평화'라는 큰 이상을 이루어왔다. 스포츠를 통해 이루어온 상호 이해와 협력의 성과는 국제사회의 갈등을 풀고 세계평화에 이바지하는 데 큰 도움이 되고 있다. 우리는 1988년 하계 올림픽을 개최하고 30년 만에 동계 올림픽까지 개최한 스포츠 강국이 되었다. 지구상에 하계와 동계 올림픽을 모두 개최한 나라는 미국, 캐나다, 독일, 프랑스, 이탈리아, 러시아, 일본에 이어 우리나라가 여덟 번째다.

그런데 평창 올림픽을 유치한 공로자들은 지금 대부분 곤경에 처해 있다. 그리고 올림픽 개최와 운영을 통해 함박웃음을 짓는 주역들을 보며 인생무상을 느끼게 된다. 참가를 거부한 북한 선수단을 초대한다든지, 올림픽 남북 동시개최를 추진하는 등의 과정에서 정치적으로 국민들 간에 갈등이 표출되기도 했다. 그러나 어쨌든 대회를 성공적으로 마쳐 유종의 미를 거두기를 바라는 마음이다. 그런데 느닷없이 평창 올림픽이 '평양 올림픽'으로 국내 매스컴에서 회자되는 어처구니없는 일들이 벌어져 국민들을 당황스럽게 하고 있었다.

세계가 부러워하는 경제 선진국인 우리나라에서 역시 3류 정치인들 때문에 일어난 사건이었다. 올림픽을 앞두고 지하철 광고판에 대통령 생일 축하가 올라 있었다. 이어서 대통령 열성 지지자들이 뉴욕 맨해튼 '타임 스퀘어'에 대통령 생일 축하 광고를 실었다. 독재나 왕조 국가도 아닌 선진화된 민주 국가에서 한 나라의 대통령 생일 축하를 광고하는 나라가 있는지 모르겠고, 그와 같은 광경을 다른 나라 사람들이 어떻게 볼 지도 궁금하다. 북한이 우리가 개최하는 올림픽을 훼방 놓지 않고, 함께 참가해 평화 올림픽을 치르게 되었다. 그래서 대통령 생일 선물로 '평화올림픽'을 인터넷에 올린 게 발단이 되었다.

불참을 고집하던 북한의 갑작스런 올림픽 참가로 상황이 많이 바뀌었다. 올림픽의 꽃이라는 입장식에 개최국인 대한민국의 국기가 보이지 않고, 오랜 기간 경기를 준비해온 아이스하키의 팀워크도 깨지게 되었다. 올림픽 선수 몇십 명에 응원단, 예술단, 태권도단, 정치인들…… 수백 명이 입국해 국내 매스컴의 포커스를 받고 있다. 뿐만 아니라 공연장 사전 답사를 나온 예술단장이라는 한 여인을 칙사 대접하듯 굽실대며 따라다니는 관계자들의 저자세를 바라보며 국민들 자존심도 상했다. 북한의 평창 올림픽 참가를 부정적으로 보는 국민감정이 들끓었던 것도 사실이다.

대통령 생일 선물로 '평화 올림픽'이라고 선전을 하니 이를 못마땅하게 생각한 사람들이나 야권에서는 맞대응하기 위해 '평양 올림픽'이라고 비아냥대는 인터넷 글을 올려 검색 순위 경쟁을 벌렸던 것이다. 현지 주민들의 반대에도 불구하고 평창이 아닌 금강산에서 올림픽 전야제를 열려 했고, 북한의 마식령 스키장에서 남북한 공동 훈련을 하였다. 그러니 평양 올림픽이라고 딱지를 붙여 조롱성 글을 올렸고, 남북한이 공동 개최한 올림픽이라는 우스운 소리를 듣게 된 것이다. 평창 올림픽이 평화 올림픽이니 평양 올림픽이니 하는 논쟁이나 다툼은 백해무익한 것이다.

우리나라에서 개최하는 동계 올림픽이 순수한 의미에서 평화 올림픽인 것은 맞다. 물론 이에 반대하는 사람들 의견에 수긍되는 점도 많다. 우리나라만의 축제가 아닌 평화를 상징하는 올림픽이라는 점을 이해한다면 평양 올림픽으로 조롱까지 해서는 안 된다는 생각이 든다. 우리나라는 88년 서울 올림픽을 성공적으로 치렀기 때문에 2002년 월드컵도 유치할 수 있었고, 국제포럼, 엑스포, G20 등 굵직굵직한 국제 행사를 치룰 수 있었다. 만약 북한이 평창 올림픽 기간 동안 도발해서 올림픽이 중단되거나 축소되는 일이 발생한다면 우리나라는 두 번 다시 국제대회를 열 생각은 꿈도 꾸지 말아야 한다.

올림픽의 이상은 스포츠에 의한 인간의 완성과 경기를 통한 국제평화의 증진에 있다. 근대 올림픽의 창시자인 쿠베르탱은 '올림픽 대회의 의의는 승리하는 데 있는 것이 아니라 참가하는 데 있으며, 인간에게 중요한 것은 성공보다 노력하는 것'이라고 말했다. 우리나라 동계 올림픽이 순탄하게 진행되어 다행이라는 생각이 든다. 말도 많고 탈도 많은 평창 올림픽을 바라보며 권력만 보고 싸움질만 하는 우리나라 저질 정치꾼들이 개탄스럽다는 생각뿐이다.

행복지수

같은 직장에서 함께 정년퇴직을 하고 요즈음은 주말마다 만나서 운동을 하는 친구가 있다. 운동이 끝나면 늘 동호인들끼리 회식을 하고 헤어진다. 식사를 하는 자리에서 친구가 고충을 털어놓는다. 건축업을 하는 큰아들이 어느 날 갑자기 나타나 돈을 대달라고 하더라는 것이다. 건설 하도급을 하는 아들 회사에서 인사 사고가 발생해 급전急錢이 필요하다고 하더란다. 그 후 이런저런 명목으로 아들 사업자금을 빌려줬지만 아들에게서는 돈을 받을 수 없었다는 것이다.

그 돈은 친구가 은퇴 후 노후 생활자금으로 쓰려고 가지고 있던 걸 쪼개준 것이다. 일상생활이 점점 어려워지는 건 당연한 현상이다.

서로 가정사 이야기를 하다 보니 우리 집 아이들 살아가는 이야기도 나왔다. 우리 자식들은 평범하게 직장 생활을 하고 있는 터라 내게 돈을 달라고 한 적은 없다. 큰돈을 벌지는 못하지만 저희들 앞가림은 하면서 산다고 했다. 친구보다 나는 자식 때문에 속을 썩이는 일은 없다고 생각했다. 그는 내게 "행복한 사람"이라고 했다. 친구를 위로하며 함께 차를 타고 오다가 헤어지며 허탈한 기분에 사로잡혔다.

사람은 누구나 행복하게 살고 싶어 한다. 삶의 목표가 행복에 있다고 해도 틀린 말은 아닐 것이다. 사람이 일상생활에서 충분한 만족과 기쁨을 느껴 흐뭇한 상태가 되면 우리는 행복하다고 한다. 사람들은 행복해지기 위해 더 많은 돈, 권력, 성공과 명예, 건강, 훌륭한 배우자 등이 필요하다고 생각한다. 그러나 진정한 행복은 물질이나 외형상의 화려함에 있는 것은 아니다. 사람 개개인의 마음 상태에서 진정한 행복을 찾을 수 있는 것이다. 물론 사람 살아가는 데 필요한 의식주에 관한 기본적인 욕구까지 무시한다는 말은 아니다.

사람들은 자기가 원하는 모든 것이 다 이루어져 풍족한 마음의 상태가 되면 행복하다고 말한다. 그러나 안타깝게도 행복은 영원히 지속될 수 없는 한계가 있다. 가장 절실하게 원했던 일을 성취했을 때 얼마 동안은 성취감에 취해 행복감을 느끼지만, 점차 시간이 흐르면서 흥미를 잃어가고 또다른 욕구를 찾게 된다. 결국 만족이란 일시적인 것이다. 인간은 끊임없이 새로운 만족을 찾아 방황하기 때문에 행복은 영원할 수가 없는 것이다.

우리는 개인이나 국가나 돈이 많아야 행복하다고 생각한다. 부와 행복이 비례할 거라고 믿고 어떻게 해서든 "잘 살아보자"는 목표 하나만 가지고 달려왔다. 그래서 선진국들이 200~300년 걸려 달성한 산업화와 민주화의 과정을 50여년 짧은 기간에 압축적으로 이룩할 수 있었다. 경제 대국이 되고 민주국가가 된 지금 우리는 과연 얼마나 행복한가?

오래 전 영국의 신경제학재단The new economic foundation에서 143개국을 대상으로 국가별 행복지수를 산출해 발표했다. 그런데 행복지수가 가장 높은 나라는 뜻밖에도 1인당 국민소득 6,500달러인 중남미의 코스타리카라는 나라였다. 우리나라 1960년대를 연상시키는 낡은 도로와 건물들이 즐비한 곳이었다. 뿐만 아니라 히말라야 산자락에 있는 부탄이라는 나라도 1인당 국민소득 1,200달러로 가난한 나라지만 국민 행복도 조사에서 늘 상위권에 오르는 나라다. 미국이나 일본 등 선진국들 경우 국민소득이 3~4배 증가하는 기간 동안 국민 행복도는 상대적으로 떨어지는 현상을 보였다는 통계도 나오고 있다.

우리나라 청소년들을 대상으로 한 일간신문이 설문조사를 실시하였다.

"인생에서 가장 중요한 것이 무엇이라고 생각하나?" 설문조사에서 절반 이상의 청소년들이 "돈"이라고 답했다. 청소년들뿐만 아니라 많은 사람들이 돈만 있으면 행복도 살 수 있다고 생각하는 것 같다. 돈이 행복을 만드는 조건이라면 GDP, GNP 등 경제 지표가 높은 국가일수록 더 행복해야만 할 것이다. 그러나 우리는 그 반대의 경우를 보고 있는 것이다. 한 연구 결과에 따르면 GDP 15,000달러 이상 국가의 경우 소득과 행복감은 큰 차이가 없다고 했다. 인간의 기본적 욕구가 충족되면 이전보다 부유해져도 행복을 느끼지 못한다고 했다. 기본적 욕구가 충족된 사람에게는 돈이 행복 또는 즐거움을 줄 수 있는 효력은 1.1%라고 한다.

혼자 있을 때

도道는 우리말로 '길'이란 뜻이다. 사람이 당연히 다녀야 할 '길'로서 "인간이 마땅히 행하여야 할 도리"라는 뜻으로 정리된다. 영국의 극작가이자 시인이었던 대 문호 셰익스피어는 많은 명언들을 남겼다. 그리고 지금도 많은 사람들에게 존경을 받는 인물이다. 그런데 셰익스피어가 가장 존경한 사람은 그 친구 집에서 일을 하고있는 하인이었다고 한다. 셰익스피어가 어느날 친구집을 방문했는 데 친구가 집에 없었다고 한다. 하인은 주인이 곧 오실거라며 따뜻한 차와 가볍게 읽을만한 책을 쟁반에 담아왔다. 책까지 준비해 준 하인에게 셰익스피어는 감사했고 그는 다시 부엌으로 들어갔다.

긴 시간이 지나도 친구가 돌아오지 않자 셰익스피어는 하인을 보러 부엌으로 들어갔다. 그리고 눈앞의 광경에 놀라지 않을 수가 없었다. 하인은 아무도 없는 부엌에서 양탄자를 뒤집어 그 밑을 청소하고 있었다. 양탄자 밑은 들추지 않는 이상 더러움이 보이지 않는다. 보이지 않으니 청소할 필요가 없는 곳이다. 주인이나 동료들도 없고 보는 사람이 없었지만 그 하인은 자신의 일을 묵묵히 하고 있었던 것이다. 셰익스피어는 너무나 큰 감동을 받았다. 그 후로 셰익스피어는 성공의 비결과 영향을 받은 사람이 누구냐는 질문을 받을 때마다 그 하인을 이야기 했다고 한다.

"혼자 있을 때도 누가 지켜볼 때와 같이 아무런 변화가 없는 사람, 바로 그 사람이 어떤 일을 하든 성공할 수 있는 사람이자 내가 존경하는 사람"이라고 셰익스피어는 결론을 지었다. 사서삼경 중용中庸 편에 나오는 이야기다. '남들이 보지 않는 곳에서 삼가고, 들리지 않는 곳에서 스스로 두려워 한다(戒愼乎其所不睹 恐懼乎其所不聞).'는 말이다. 남들이 모두 지켜보는 가운데 눈에 보이는 일을 하기란 쉽다. 또한 남들이 다 들을 수 있는 곳에서는 착하고 호의적인 말을 하기란 어렵지 않다. 평범한 인간은 남들이 보지 않고, 다른 사람들이 들을 수 없는 곳에서 스스로 언행을 조심하기란 쉽지 않은게 사실이다.

운동을 하러 어두운 새벽길을 걸으며 더러 보기 민망한 장면을 맞게된다. 새벽장을 보러 가던 아낙네가 가던 길을 멈추고 그 자리에 앉아 방뇨를 하고 있다. 인기척을 내면 상대방이 놀라고 당황할 것 같아 그 자리를 피하게 마련이다. 많이 배우지 못하고 순박한 촌부가 어 둠속에서 취한 본능적인 행동이다. 보이지 않는 곳에서 조심하고 들리지 않는 곳에서 두려워해야 한다는 도를 알았을 리가 없다. 그러나 남 부러워하는 학벌에 모두가 우러러보는 고위직 권력자는 한밤중에 여고생을 상대로 성추행을 했다. 성격장애나 음주 탓으로 변명을 했지만 사회적으로 커다란 물의를 일으켰다. 도를 알고 솔선수범해야 할 사람이 오히려 삐뚤어진 길을 걸어간 것이다.

동서양을 막론하고 인간이 추구하는 진리는 하나라는 생각이 늘 마음속에 머문다. 서양의 대 문호 셰익스피어 친구집 하인의 살아가는 모습은 무엇을 의미하는 것일까. 보는 이가 없어도 자신을 경계하고 삼가하는 '삶의 자세'를 보여준 것이었다. 2,500년전 동양의 성현 공자는 '보이지 않는 곳에서 조심하고, 들리지 않는 곳에서 두려워 하라'는 이야기를 했다. 혼자 있을 때 언행을 올바로 가진다는 것은 참으로 어려운 일이다. 개인 수양의 최고 단계며 정신개혁의 정점을 말하는 것이다. 자기 수양을 위한 구도자의 길이요, 정신개혁을 위한 철학의 길이었다. 남이 보지 않는 곳에서 하는 말이나 행동이라 해도 하늘이 알고 땅이 알고 나 스스로가 아는 일 아닌가.

자기 수양이나 정신개혁은 결국 자기 스스로가 자신을 이길 수 있을 때 가능할 것이다. 극기克己의 길이요, 해탈解脫의 경지가 아닐는지. 이 세상 인간은 모두가 자기 수양과 정신 개혁의 대상이다. 인간이 자기 자신을 이기기란 쉬운 일이 아니다. 자기 자신이 잘 나갈 때면 어려움을 모르고, 자신의 처지가 어렵고 곤궁한 처지가 되어 자신을 이겨보려 하는 게 평범한 인간이기도 하다. 애국열사 안중근 의사 삶의 자세가 너무도 위대했었다. 사형 직전 마지막 소원을 묻는 질문에 "읽던 책 가운데 아직 못 읽은 부분이 있으니 5분만 기달려 달라"고 했단다. "남이 안보는 데서도 스스로 언행을 삼가라"는 유묵遺墨을 남기고 사형이 집행되었다고 한다. 큰 뜻을 품었던 애국열사가 생전에 마지막 남긴 글이다. "戒愼乎其所不睹계신호기소불도" 혼자 있을 때도 몸가짐이나 언행을 조심하라는 말씀이 긴 여운을 남긴다.

2부 삶과 죽음

단짝을 보내고

달빛

서글픈 송년회

슬픈 여행

어떤 조문弔問

어머니 친구

인생길

제사祭祀의 의미

죽음과 정치

하늘나라 가는 길

하늘공원

묻지마 살인사건

효도계약서

단짝을 보내고

어머니께서 돌아가신 지도 벌써 10년이 지났다. 어머니 장례를 모셨던 S대학 장례식장에서 있었던 잊지 못할 추억이 지금도 생생하다. 2박 3일동안 빈소에서 문상객들 조문을 받고 인사를 나누다 보니 피로하고 지쳐 있었던 것 같다.

초저녁까지 붐비던 조문객이 심야가 가까우니 좀 한산했다. 눈을 감고 상념에 잠겨 있는데 한 손님이 다가선다. 빈소 앞에서 맞는 조문객 대부분은 내가 잘 아는 사람들이다. 뿐만 아니라 평상시에 나와 인연이 있는 사람들이 대부분이다. 그는 향에 불을 붙여 향로에 꽂은 후 영정 앞에 재배를 한다. 나와 맞절을 하며 인사를 나누었다. 그런데 낯설지 않은 얼굴인데 도무지 기억이 나지를 않았다.

"누구신지?……" 조심스럽게 물으니 그는 웃으며 "나 ○○야!" 한다. 세상에 이럴 수가.

정확히 50년 만에 고교시절 단짝 친구가 앞에 와 있는 것이었다. 너무도 놀랍고 반가워 어머니 빈소 앞이라는 것도 잊고 둘이는 서로 부둥켜안고 말을 잊었다. 고등학교 시절 우리 두 사람은 제일 가까운 사이였다. 요즘 젊은이들이 말하는 단짝 친구였던 것이다. 대학 입시 때문에 공부에 억눌리면서도 남몰래 함께 극장을 드나들었고, 봄철이면 학교에서 가까웠던 무심천 벚꽃 나무 아래서 함께 사진도 찍었다.

친구의 집은 학교에서 멀지 않은 도심 번화가에 있었다. 하교길에 더러 친구네 집에 들른 적도 있다. 집 앞에 가게를 가지고 있던 그 친구 집안에 들어서면, 가구를 비롯한 집안이 잘 정돈되어 살림살이가 깨끗하고 예쁘게 정돈되어 있었다. 친구 어머니가 가끔 식사를 마련해주신 적도 있다. 정갈하고 입에 맞았던 그때 음식 맛은 오랜 세월동안 잊히지 않았다. 나는 시골 대농가에서 많은 가족이 더불어 생활하던 시절이었다. 우리 집은 늘 어수선하고 산만한 분위기였다. 그래서 그 친구네 집의 깔끔하고 잘 정돈되어 아름답던 가정환경이 나에게는 늘 부러움의 대상이었다.

우리는 고등학교를 졸업하며 대학의 길을 따로 가야만 했다. 대학 재학 중에 군 입대, 복학, 졸업, 취업, 결혼…… 서로가 숨 막히게 바쁜 인생길을 걸어왔다. 누구보다 가까웠던 단짝 친구였지만 본의 아니게 서로를 잊은 채로 망각의 세월을 살아왔다. 서글픈 우정의 역사를 쓴 셈이었다. 그렇게 뒤늦게 다시 만난 우리는 옛날보다 더 살가운 우정을 나누며 10여년 세월을 보냈다.

매월 만나던 모임이 있던 어느 날 친구가 나타나지 않았다. 사람에겐 분명히 육감이란 게 있는 모양이다. 그동안 친구는 식욕이 없고 체중이 급격히 떨어지며 치매증상까지 있는 것 같다는 이야기를 내게 몇 차례 했었다. 모임이 있던 자리에서 바로 전화를 하니 본인이 아닌 그 부인이 전화를 받는다.

아침나절 졸도하여 병원 응급실에 있다는 것이다. 병원으로 달려가보니 중환자실에 누워 있었다. 의식은 또렷하고 엊그제처럼 농담까지 하는 것이었다.

그리고 며칠 후 부음이 날아왔다. 빈소는 그가 다니던 가톨릭 성당 영안실이었다. 친구 영정사진 앞에 묵념을 하며 그의 얼굴을 바라본 게, 이 세상 제일 가까웠던 사람과 이별을 하는 마지막 순간이었다.

유족이라야 아내와 외동딸뿐이었다. 문상객에게 인사를 받는 상주도 가톨릭 신자인 친구가 대부 역을 한 대남이라고 했다. 초라해 보이는 빈소를 떠나오며 왠지 허탈하고 아쉬운 마음뿐이었다.

인간에게 죽음의 비극은 우리가 그것을 피할 수 없다는 데 있다. 죽음은 최종적이고 영원한 것이어서 모든 희망에 마침표를 찍는다. 우리는 친지의 조문을 다음 위해 빈소나 묘지 화장장을 가는 경우가 있다. 평소 고인의 삶의 자취를 되새기면서 주위 사람들과 이런저런 이야기를 나눈다. 산 사람들끼리 나누는 대화는 어디까지나 '관객'의 입장에서 하는 것 같다. 그러나 단순한 조문이나 관객의 입장에서만 고인을 대해서는 안 되겠다는 생각이 떠올랐다. 오늘의 죽음은 친구 차례지만, 이다음엔 바로 우리들 차례임을 알아야 할 것이다.

친지의 죽음은 바로 우리들 자신의 한 부분임을 뜻한다. 그리고 우리들 차례에 대한 예행연습과도 같다. 내 현재에 대한 삶의 반성이기도 하다. 삶은 불확실한 인생의 과정이지만 죽음은 틀림없는 인생의 매듭이다. 한 번밖에 없는 인생의 매듭이기에 죽음 앞에는 엄숙하기 마련이다. 삶의 과정에서는 한두 차례 시행착오도 용납될 수 있다. 그러나 죽음 앞에는 그럴 만한 시간적 여유가 없는 것이다. 그러니 사람이 잘 죽는다는 건 잘 사는 일과 직결되고 있다는 생각이 든다.

달빛

"황성 옛터에 밤이 드니 월색만 고요해……"

폐허가 된 옛 성터에 달이 떠 있는 밤 풍경을 노래한 대중가요 가사의 한 구절이다. 나는 오랜 세월동안 새벽운동을 하며 달빛을 바라보고 살아왔다. 그만큼 달빛과는 친숙한 사이가 됐다. 새벽길을 걸으며 서산에 걸려 있는 실눈같은 하현달을 바라보면 왠지 가엾다는 생각을 해보았다. 보름달은 새벽에도 둥근 모습에 찬란한 빛을 보내며 뻐기는 듯한 인상을 준다. 사람들은 음력 정월 대보름달이나 추석 둥근 달을 바라보며 소원성취를 빌곤 한다. 둥글고 밝은 달빛을 바라보면 어쩐지 차분하고 조용해지는 마음상태가 된다. 달빛은 우리에게 꿈과 낭만을 심어주는 희망의 빛이기도 하다.

오늘도 새벽길을 걸으며 둥근 달을 바라보다가 문득 햇빛을 생각해보았다. 싸늘한 달빛이 꿈과 낭만, 그리고 순결을 상징한다면 뜨거운 햇볕은 땅을 달구고 만물을 살려주는 없어서는 안 되는 귀중한 존재다. 그래서 태양의 신 아폴론은 인간이 경외감을 가지고 바라보는 절대적 신이라고 했나보다. 대지의 만물을 생성하며 인류문화를 창조하고 유지하는 절대적 존재다.

큰아들이 태어나던 해 초여름이었던 것으로 기억된다. 아폴로 우주선을 탄 최초의 인간이 달 표면에 착륙하여 움직이는 모습을 TV 화면으로 바라보며 전 인류가 환호한 적이 있었다. 꿈과 낭만 속에 바라보던 옛날의 달 표면에는 계수나무와 토끼도 한 마리 있었건만, 인류의 첨단 과학이나 기술은 인간의 순수한 꿈과 낭만도 앗아가는 모양이다.

달빛을 바라보고 있으면 쓸쓸하고 더러는 슬픈 감정이 떠오를 때가 있다. 첫사랑 연인과 처음 만나 손을 잡아보던 그날도 둥근 보름달이 떠 있었다. 우리는 뒷동산 잔디밭에 나란히 앉아 조용히 잠든 동네 풍경을 바라보고 있었다. 노송나무에 걸쳐 있던 둥근 보름달은 미소지으며 청춘남녀를 내려다보고 있었다. 한여름밤 둥글고 밝은 달빛 아래서 바라보던 고향집 동네 풍경은 고요와 정적 속에 잠긴 싸늘한 모습이었다. 빙그레 웃고 있는 둥근달을 바라보며 이슥한 밤이 되어 귀가를 한다. 잠 못 이루는 밤 온갖 상념에 잠겨 있노라면 창가로 보름달 빛이 쏟아져 들어온다. 달빛이 고맙다는 생각에 나도 모르게 혼자서 미소를 짓기도 했었다. 달빛을 바라보며 그려보던 꿈과 낭만이 있어 내일이 기다려졌고 힘과 용기를 얻을 수도 있었다.

조용하게 높이 떠 있는 둥근달을 바라보면 때로는 인생과 삶의 의미를 생각하게 한다. 산다는 의미가 진정 무엇일까 하는 심각한 사색을 하는 경우도 있다. "완벽하지 않은 것이 인생"라는 말이 있다지만 사람들은 늘 완벽한 인생을 추구하려 하기에 '고달픈 인생'을 살아가고 있는지도 모른다. 소동파蘇東坡의 한 시구詩句가 생각난다.

> 인간사에는 슬픔과 기쁨, 만남과 이별이 있다
> 달은 어둡고 밝은 곳과, 차고 모자라는 부분이 있다
> 예로부터 인생은 완전하기가 어렵구나
> 人有悲歡離合 月有陰晴圓缺 此事古難全

오랜 세월이 지난 요즈음 새벽길에 바라보는 달빛에는 옛날같은 꿈과 낭만이 사라진 것 같아 안타까울 때가 있다. 그저 무심하게 바라만 보아서 그런 것일까. 아무런 생각 없이 사물을 바라만 본다는 건 슬픈 현상이라는 생각이 든다. 감정이 무디어지고 꿈과 낭만이 사라진 걸 의미할 수도 있으니 말이다. 감정이란 사람이 생각하는 마음의 상태에서 출발하는 것이다. 마음먹기에 따라 인간의 감정은 풍요로울 수도, 메마른 상태가 될 수도 있는 것이다. 씩씩한 의지, 풍부한 상상력, 불타오르는 정열은 인간의 감정을 풍요롭게 할 수도 있다.

사무엘 울만의 「청춘」이란 시가 머릿속에 와닿는다. 젊음은 나이가 아니라 마음의 상태를 의미한다고 했다. 마음먹기에 따라서는 때로 20대 청년보다 60~70대 인간에게도 청춘이 있을 수 있다는 이야기다. 머리를 높이 치켜들고 희망의 물결을 붙잡는 한, 80세라도 인간은 청춘으로 남을 수 있다고 주장하지 않던가. 희망과 용기가 필요한 때라는 생각을 해본다. 다시 열정과 낭만의 감정으로 돌

아가 달빛을 바라보아야 할 것 같다는 생각이 든다.

달빛은 늘 많은 것을 생각하게 한다. 꿈과 낭만 인생과 사랑 삶과 죽음…… 내일 새벽길에도 서산에 걸쳐 있는 둥근달은 나를 내려다 보겠지.

서글픈 송년회

거실 벽에 달랑 한 장 남은 달력이 나뭇가지에 걸린 마지막 잎새처럼 애잔해 보인다. 거리를 오가는 행인들 발걸음이 총총거리고 한결 분주해 보이는 주말 오후다. 지하철 대합실에는 어느새 크리스마스 트리와 구세군 냄비가 등장을 했다. 일년 만에 들어보는 딸랑딸랑 종소리가 아련히 먼 추억 속에서 들려오는 소리만 같다. 어김없이 또 한 해의 세밑에 와 있는 걸 실감한다. 송년 모임을 알리는 핸드폰 소리가 계속 이어지고 있다. 이렇게 12월 세밑은 어수선하고 분주하게 흘러가고 있다. 다사다난 했던 무술년 한 해가 서서히 저물어가는 게 보인다.

2~3개월 동안 연락이 없던 친구로부터 전화가 왔다. 전화를 받고 보니 번호는 친구 것인데 음성은 다른 사람이었다. 친구 목소리가 아니라서 누구냐고 물으니 경찰관이라고 했다. 이어지는 경찰관 이야기에 대경실색大驚失色하고 말았다. 영하의 추운 날씨에 맨발로 거리를 방황하는 노인을 보호하고 있다는 것이었다. 신분증도 없고

자기 집 주소도 모르며 손에 핸드폰만 쥐고 추위 속에서 헤매고 있던 모양이다. 최근에 통화를 했던 친구의 전화번호가 그의 전화에 저장되어 있어 경찰관이 그 번호로 전화를 한 것 이다.

아! 이럴 수가 있단 말인가? 그는 건강이 좋지 않아 2~3개월 동안 모임에도 나오지를 못했었다. 더러 전화를 해보면 건강이 회복되지 않았다는 대답뿐이었다. 유난히 자존심이 강하고 고집이 셌던 그는 회원들의 문병이나 지인들 위로도 받아들이지 않던 친구다. 영하 10도가 넘는 혹한 속에 맨발로 길거리를 헤매고 있었다면 제정신이 아니었던 게 확실하다. 회식 자리에서는 화제가 그 친구가 치매를 앓고 있다는 결론이었고, 좌중 분위기는 침통하고 숙연하기까지 했다. 치매나 혈관 질환은 노인들에게는 남의 일이 아닌 우리 자신의 일이다.

태초의 농경사회에서 인간의 평균수명은 18세였다는 기록이 있다. 인류문명의 발전과 더불어 인간의 수명도 연장되어왔다. 이제는 머지않아 인간수명 100세 시대가 도래한다고 예고하고 있다. 2030년이 되면 인간 평균수명이 130세가 된다고 하는 미래학자도 있다. 사람은 누구나 오래 살고 싶은 욕망을 가지고 있다. 진시황의 불로초 이야기가 아니더라도 인류가 수명연장을 위해 고심하고 노력해온 역사는 부지기수다.

사람이 세상을 살아간다는 게 무엇일까? 본인의 의지와 무관하게 세상에 태어나는 것이 인간이다. 세상에 태어난 이상 사람은 진실하게 열심히 살아야 한다는 게 신의 계시나 성현의 가르침이다. 유한한 인생이기에 인간은 누구나 죽는다는 사실만큼 확실한 게 없다. 뿐만 아니라 인간의 수명은 저마다 다르기에 죽는 날만큼 불확실한 것도 없는 게 사실이다. 진정한 삶을 아름답게 마감하는 것도 인간의 도리다. 인간의 삶을 아름답게 마감한다는 것은 쉬운 일이 아니다. 인간수명 100세 시대라지만 누구나, 인생 말년에 이르면 정신적으로나 육체적으로 한계상황에 부닥치게 된다. 스스로의 육신을 관리할 수 없다는 건 비극이다.

인간 수명이 늘어나는 만큼 누구나 인생 말년에는 치매나 중풍 등 각종 질환에 시달려야만 한다. 농경문화 시대나 대가족 사회에서는 자식을 비롯한 가족들이 부모나 노인을 봉양했다. 산업사회가 되고 인구가 도시로 집중되며 핵가족 제도가 된 후로는 자녀들이 부모나 노인들의 말년 생활을 보호하기 어렵게 되었다. 치매나 중풍 같은 질환에 시달리는 환자가 있는 가정에는 안녕과 평화가 있을 수 없다. 화목과 웃음이 사라진 가정에 평화가 있을 리 없다. 평화가 없는 가정은 인간의 안식처가 아니다. 치매, 중풍 등 환자보호를 가정이 아닌 국가나 사회가 책임져야 한다는 정책 전환은 바람직스러운 것 같다.

인생을 두 번 살 수 있는 사람은 없다. 인생을 처음부터 다시 시작할 수 있는 사람도 없다. 인생은 돌이킬 수 없는 순간의 연속인 것이다. 사람은 노후를 평안하게 살다 가야 한다. 안락한 노후 생활이 인간의 권리일뿐 아니라, 인도적인 면에서라도 보장되어야 마땅하다. 인간의 오복伍福 가운데 고종명考終命은 바로 죽음의 복이다. 무술년을 보내며 송년회에 참석하지 못하고 인간의 한계 상황에 부딪친 한 친구를 생각하며 너무도 마음이 아팠다.

슬픈 여행

사람들은 여행을 즐겨 한다. 그것도 비행기나 배를 타고 멀리 떠나는 해외여행을 더욱 좋아하는 것 같다. 그러나 불행히도 우리는 여행을 제대로 하지 못하고 있는 건 아닌지 모르겠다. 일상생활에 바빠서인지, 무엇엔가 쫓기는 듯이 여행지를 다녀온다. 그러니 과연 이것이 제대로 된 여행일까? 참다운 여행은 배움의 과정이 아닐까 하는 생각을 한다. 여행지와 그곳 사람들의 삶을 배워야 하지 않을까. 처음에는 말도 음식도 그들의 행동도 모두가 낯설게 느껴진다. 그러나 애정을 갖고 그들과 부대끼다 보면, 어느 사이엔가 우리는 그들 곁에서 편안함을 느낄 때가 있다. 그래서 여행은 인간에게 여정旅情을 느끼게 한다. 일상을 벗어난 자유로운 생활에서 느끼는 설렘과 호기심이 여행을 좋아하는 심리로 작용하는 것 같다.

직장생활을 하던 현역시절 취미를 같이하는 동호인 모임이 있었다. 매월 산행을 하는 등산모임이 어언 35년이 되었다. 긴 세월만큼이나 회원들 간 인간관계는 동기간만큼이나 정이 들고 유대가 돈독하다. 외국여행을 해 보자는 의견이 오래 전부터 있었다. 회원들끼리는 처음 갖는 해외여행이니 행선지를 결정하기가 쉽지 않았다. 아홉 명 회원이 모두 가보지 않은 곳을 찾기가 쉽지 않았기 때문이다. 가까스로 여행지가 결정되고 회원들은 설레는 기분에 여행준비를 하고 있었다.

호사다마好事多魔라고 했던가. 여행 출발 날자가 채 한 달도 남지를 않아, 하루하루를 기다리며 들 떠있는 회원들에게 청천병력같은 일이 벌어지고 말았다. 여행준비를 하던 회원 한 사람이 갑자기 세상을 뜨고 말았다. 고개를 들고 하늘을 바라보아야 다가오는 산동네, 평창동 내리막 길을 걸으며 그와 나는 여행 이야기를 많이도 나누었다. 지난달 둘레길을 걷고 그와 마지막으로 헤어진 곳이 평창동 부자촌 동네였다. 일주일여 만에 그와 나는 산 자와 죽은 자로 갈린 셈이다.

모든 인간은 죽는다. 그러나 죽음은 혼자 걸을 수밖에 없는 외로운 길이다. 아무리 사랑하는 사람도 죽음의 문턱까지만 따라올 뿐 그 다음부터는 오직 나 혼자만 가야 하는 길이다. 사람들은 그래서 죽음을 지독하게 무섭고 두려운 길로 여기는 모양이다. 그의 영정 앞에서 하염없이 흐르는 눈물을 주체할 수가 없었다. 부모님이 돌아가셨을 때 말고는, 죽은 이들 앞에서 많은 눈물을 흘려본 기억이 없다. 맑은 유리창 속의 입관식장은 숨막힐 듯한 고요와 정적이 흐르고 있었다. 흰 가운을 입은 남녀 염습사의 일거수일투족은 한 치의 착오도 없는 예술행위 같았다.

알코올과 물로 시신을 깨끗이 닦고 얼굴에는 화장을 한다. 삼베로 만든 수의를 겹겹이 입힌다. 죽은 이는 살아서 누렸던 부도 명예도 저승에는 가지고 갈 수가 없다. 황천길을 떠나는 이 사람이 입고 있는 수의에도 그래서 호주머니가 없다. 두 염습사는 시신의 마디마디를 있는 힘껏 묶고 있다. 죽은 사람은 아픔도 통증도 못 느끼는가 보다. 그는 오색 빛깔 꽃으로 아름답게 단장을 한 관 속으로 들어간다. 유족과 가까운 이들에게 마지막 대면을 시킨다. 눈을 감고 잠자듯 누워 있는 그의 얼굴이 평온해 보인다.

뿌연 안개가 눈앞을 가로막는다. "아름다운 이 세상 소풍 끝나는 날, 가서 아름다웠다고 말하리라" 하던 천상병 시인의 「귀천」 구절을 뇌어 본다. 우리에게 주어지는 인생은 모두가 하나씩이다. 인간의 삶이란 우리의 힘으로는 돌릴 수 없는 어떤 길을 가고 있는 것인지도 모른다. 그러기에 인생이란 자신에게 주어진 몫을 살면서 조금씩 배우고 느껴가는 과정이라는 생각도 든다. 인생길에 주어지는 결과에는 아쉬운 순간들이 많다. 하지만 시간은 그저 흘러갈 뿐이다.

떠난 사람은 어쩔 수 없지만 남은 사람은 아직 남은 길을 가야 한다. 내일모레면 어차피 여행을 떠나야 하는 게 현실이다. 비행기 타고 하늘을 날아 해외여행을 떠난다. 여정에 설레는 마음이지만 함께 못 가는 그 때문에 이번 여행은 슬픈 여행이 될 것 같다.

어떤 조문弔問

누군가의 조문 때문에 병원 장례식장을 찾게 된다. 장례식장은 우울하고 허무한 기분이 차 있는 장소다. 문상이라는 게 여러 가지 의미가 있겠지만 죽은 이를 추모하거나, 망인亡人은 몰라도 누군가 유족을 위로하기 위해 찾아가게 된다. 디지털 시대의 부고訃告는 휴대전화 카톡이나 문자가 모든 걸 대행해준다. 옛날에 초상이 나면 사람이 부고장을 들고 하루 종일 수십 리 길을 걸어갔다. 인부들을 동원해 부고장을 전달해주던 옛날 기억이 아련하다. 퇴직자 동인회에서 시시때때로 전달되는 부음을 맞게 된다. 회원이 원래 많아 조문을 가지 않아도 괜찮은 연락도 종종 있는 편이다.

더위가 기승을 부리는 한가한 오후, 스마트폰 문자음이 울려 열어보니 N씨가 작고했다는 소식이다. 뜻밖의 소식이 나를 놀랍고 당황스럽게 한다. 혹시 동명이인이 아닌가 해서 몇 군데 전화를 걸어보았다. 찾아가 문상을 하지 않으면 안 되는 그 이의 부음이었다. 영안실은 공교롭게도 옛날 어머니를 모셨던 그 병원에 있었다. 밤 늦은 시간이지만 병원 영안실은 많은 문상객들로 어수선하다. 복도를 꽉 메운 화환에서 풍기는 꽃향기가 코를 찌른다. 영정 속의 고인은 웃는 모습으로 나를 쳐다보고 있다. 그것도 정장 차림이 아닌 스포티한 모습이어서 더욱 처연한 기분이 들게 한다. 직장의 후배였으며 친구의 동생이기도 했던 그는 무척 나를 따르던 사람이다.

묵념을 하고 잠시 생전의 고인 모습을 떠올리니 울적한 기분이다. 늘 쾌활하고 익살스러웠으며 재치가 있었다. 아까운 사람이 너무 일찍 떠났다는 허탈한 마음에 빈소를 나온다. 아들딸들보다는 부인에게 더 위로를 하며 이야기를 나누어야 했다. 영정 앞에 붙어 있는 지방문紙榜文은 상주의 할아버지 신주에 해당하는 것이어서 다소 의아했었다. 부인에게 이야기했더니 역시 잘못된 게 확인되고, 사무실 직원들이 서둘러 지방문을 바꾸는 소동이 벌어지기도 했다. 무엇이 삶이고 무엇이 죽음인가. 죽은 이는 말이 없고 산 사람들은 살아가는 이야기를 나누어야 하는가보다. 고인의 결혼한 큰 딸이 다가와, 내가 이름을 지어준 딸아이가 건강하게 잘 자란다며 고맙다는 인사를 한다.

사람이 세상에 태어나 누군가와 만남을 이어가는 게 삶이라면, 죽음은 만나는 일이 끝나는 걸 의미하는가 보다. 산 사람이 죽음이라는 걸 이해하기란 힘들 것 같다. 죽음에 대해서 우리가 어렴풋이 알 수 있는 건 누구나 죽고, 순서가 없다는 것이다. 뿐만 아니라 아무것도 가지고 갈 수 없으며, 죽음을 대신하거나 경험할 수도 없다는 사실이다. 러시아 문호 톨스토이는 이야기했다. "이 세상에 죽음 만큼 확실한 것은 없다. 그런데 사람들은 겨우살이 준비하면서도 죽음은 준비하지 않는다."고.

지금은 장수 시대에 들어온 것이 사실이다. 장수가 축복인지 재앙인지는 쉽게 판단하기 어려운 일이다. 사람은 누구나 생로병사의 과정을 거쳐서 한 평생을 마치도록 되어 있으니 말이다.

장수가 재앙이 되지 않으려면 무병장수無病長壽로 살아야 한다. 몸과 마음 모두가 건강해야 장수가 축복으로 다가온다. 무전장수無錢長壽, 즉 돈 없이 오래 산다는 것은 재앙에 가깝다. 건강해도 의식주라는 인간생활의 3대요소를 해결 못하면 장수는 비극이다. 또, 무업장수無業長壽, 즉 아무런 일 없이 오래 산다는 것도 장수시대에는 불행이다. 인간을 비롯한 모든 생물들은 열매를 맺는다. 벼이삭도 쌀을 맺으면 그 줄기와 이파리는 누렇게 시들고 볼품이 없어진다. 사람도 마찬가지다. 아들 딸 낳아 장성시키면 부모는 늙고 병들어 볼품없는 모습으로 변하지 않는가.

나보다 나이가 어린 동생 같은 후배와 작별하고 병원을 나서려니 허전하고 서글픈 생각뿐이다. 밤늦은 시간 창경궁 앞을 질주하는 자동차 불빛이 눈부시다. 죽음 이라는 게 이렇게 허무하고 서글픈 것인가. 터벅터벅 걸어 대학로 근처에서 눈에 뜨이는 포장마차 집으로 들어갔다. 오뎅을 안주로 소주를 몇 잔 마시고 나오니 시간은 이미 자정에 가깝다. 영정 사진 속에서 웃으며 나를 바라보던 고인의 모습이 자꾸만 떠오른다. 산 사람과 죽은 이와의 이별은 이렇게 끝이 나는 것인가. '평안히 잘 가시게.' 혼자서 뇌까리며 밤하늘 바라본다. 장마 갠 총총한 밤하늘이다. 수 없이 많은 별들이 쏟아져내릴 것처럼 반짝이고 있다.

어머니 친구

마을회관 쉼터 의자에 꼬부장한 모습으로 앉아계신 할머니가 한 분 계시다. 야채나 정구지같은 장거리를 마련하며 떠들썩한 동네 아낙네들 틈에 끼어 아무런 표정 없이 계신다. 여러 사람과 함께 있지만 이야기를 나누는 상대는 아무도 없는 것 같다. 귀로는 옆 사람들 이야기를 듣는지 몰라도 늘 먼 산만 우두커니 바라보시는 표정이 가여워 보인다. 차를 운전하며 더러 차창 밖을 내다보면 쉼터로 가시는 할머니 모습이 눈에 들어온다. 지팡이 짚으시고 걸음마 배우는 아기처럼 아장아장 쉼터를 향해 걸어가신다. 돌아가신 어머니와 동갑이셨다고 하니, 올해 나이가 98세 이시다. 집과 마을회관을 오가며 무표정한 모습으로 살아가시는 할머니를 볼 때마다 가련하다는 생각이 든다.

어머니가 돌아가시기 전까지만 해도 늘 우리 집으로 자주 찾아오셨었다. 마당가 느티나무 그늘 아래 나란히 앉아 무슨 이야기인가 나누며 함께 시간을 보내시곤 했다. 두 노인은 자매처럼 친하게 지내셨기에 바라보기만 해도 늘 흐뭇한 느낌이 들었다. 어머니가 돌아가신 후로는 우리집 근처에는 통 오지를 않아 서운한 기분마저 들었다. 동네 길거리에서 그 할머니를 볼 때마다 지금은 안 계신 어머니 생각이 문득문득 머릿속을 스친다. 사람의 일생도 자연현상 같다는 생각이 문득 떠오른다. 새싹이 돋고 잎이 무성해지며 꽃 피우고 열매를 맺으면 꽃과 나무는 시들어 간다. 어머니 친구분은 꽃과 열매를 맺으시고 이제는 시들어가고 계시다.

어느해 늦은 봄날이었다. 포근한 햇살이 비치는 마을회관 앞을 지나려는데 할머니가 쉼터에 홀로 앉아 먼 산을 바라보고 계신다. 그날 따라 동네 아낙들은 나들이라도 갔는지 아무도 보이지를 않았다. 차를 세우고 할머니 곁으로 가 앉으며 손을 꼭 잡았다. 돌아가신 어머니가 보고 싶다는 응석을 하며 나는 할머니를 꼭 껴안았다. 다소곳이 내 포옹을 받아주시는 할머니에게서 옛날 어머니 체취體臭가 느껴진다. 어머니 생전에 나는 더러 어머니를 꼭 껴안아본 기억이 있다. '술 냄새 난다'며 뿌리치는 시늉을 하면서도 늘 포옹을 받아주신 어머니셨다. 아버지가 먼저 돌아가셔 늘 우울하고 고독한 나날을 보내시던 어머니셨다. 껴 안아주는 아들 품에 안기시던 어머니는 흐뭇하고 기뻐하는 눈치셨다.

그 분을 바라볼 때마다 돌아가신 어머니가 생각나, 어머니 친구는 내게 고마운 할머니시다. 몇 차례 벼르던 끝에 작년 추석에는 할머니 댁을 방문했다. 고마워하는 가족이나 기뻐하시는 할머니를 바라보며 내가 더 즐거웠던 까닭을 지금도 모르겠다. 어머니 친구 댁을 찾아간 건 인사를 하러 간 게 아니다. 지금은 안 계신 어머니에 대한 그리움을 달래고 싶은 심정이었다. 이 세상 누군가를 찾아가 위로와 격려를 해줄 수 있는 사람이 있다는 것만으로도 나는 행복하다는 생각을 했다. 어머니 친구를 통해 그리운 어머니에 대한 대리만족을 느낀 건 아니었을까. 올 추석에도 어머니 친구분을 꼭 찾아뵈어야겠다.

인생의 온갖 풍상을 겪으며 살아오셨고, 이제 백수白壽를 바라보는 노인이시다. 살아온 세월만큼이나 애환의 추억도 많이 간직하고 계실 것이다. 할머니의 일생에 대하여 문득 생각해본다. 부모와 남편 자식만을 바라보며 평생동안 삼종지도三從之道를 걸어온 봉건시대 여인이시다. 한결 같은 모습으로 집과 마을회관 쉼터를 오가는 할머니를 뵐 때마다 왠지 허전한 기분이 든다. 여러 사람들 틈에 끼어 우두커니 앉아 고독한 표정으로 먼산만 바라보시는 할머니가 너무도 가엾다. 어머니 친구 그 분은 지금 무슨 생각을 하고 계실까. 모르긴 해도 무언가 소망이 있으시겠지. 걱정거리나 고민, 세상사는 재미는 무얼까, 보고 싶은 이는…… 살아온 긴 세월의 무게에 눌렸는지, 꼬부장해진 할머니 모습을 뵐 때마다 연민의 정을 느끼게 된다.

한평생 남편과 자식 그리고 가족들을 위해 희생의 삶을 살아온 순박한 한국 여인상을 보여주신다. 장수시대를 맞은 요즈음이 아닌가. 어머니 친구분이 건강하고 평안하게 100세를 넘게 사셨으면 좋겠다. 어머니 친구분마저 돌아가시면 내게서 어머니도 점점 잊히겠지. 잊힌다는 건 너무 슬픈 일 같다.

인생길

하루 만보萬步 걷기 운동을 시작한 지가 이십여 년이 지났다.

새벽길 인적이 드문 거리를 걷는다. 기분이 상쾌한 건 말할 것 없고 사색과 명상을 할 수 있는 시간이 되기도 하다. 그동안 병원신세 지지 않고 건강하고 활기차게 살아오고 있다. 건강관리에도 확실한 효과가 있는 것 같아 주위 사람들에게 권하기도 한다. 오랜 세월동안 같은 길을 걷다보니 이제는 길 방향이나 진로進路가 눈을 감아도 보이는 듯하다. 파릇파릇 새싹이 돋아나는 봄날 가로수 나뭇가지 위에서는 이름 모를 새소리가 들려온다. 여름에는 비가 잦으니 우산을 쓰고 걸으며 장마 비를 원망하기도 한다. 무성했던 가로수 잎은 어느새 낙엽이 되어 길 위에 나뒹군다. 발길에 부딪치는 낙엽과 가을은 왠지 쓸쓸한 기분을 가져온다. 눈이 소복이 쌓인 날 새벽길, 은빛세계를 나 홀로 날아가는 느낌이다. 눈길 위에는 내 발자국만이 외롭게 멀어져간다.

걸어갔던 길을 되돌아서는 지점에 노인 병원과 장례식장 건물 두 개가 서 있다. 건물 옥상 위에는 커다란 조명등이 나란히 켜져 있어 눈길을 끈다. 노인 병원과 장례식장, 네온사인의 불빛 두 개가 선명하게 눈에 뜨인다. 그런데 언제부터인가 나는 오른 편에 있는 장례식장보다는 왼쪽에 있는 병원 건물에 더 시선을 주는 습관이 생겼다. 새벽길을 걸으며 혼자서 생각을 해본다. 장례식장 건물은 "죽음"을 상징하고 병원 건물은 "삶"을 의미하기에 죽음보다는 삶을 바라는 인간의 본능일 것이라고…….

살아 있는 사람은 누구나 죽음을 맞이하게 되어 있다. 장례식장에 누워 있는 시신도 조금 전까지만 해도 살아 있는 사람이었다. 삶과 죽음은 인생행로에서 필연적으로 맞이하는 갈림길이다.

사람이 태어나 한 세상을 살아가는 일을 우리는 인생人生이라고 한다. 인생길은 다시 되돌아올 수없는 일방통행로라고 했던가. 프랑스 작가 로맹 롤랑은 "인생은 왕복표를 발행하지 않기 때문에 한번 출발하면 다시는 돌아올 수 없다"고 하였다. 지금도 우리는 다시 돌아올 수없는 길을 가고 있음에도 불구하고 마치 언제라도 쉽게 돌아올 듯이 가볍게 가고 있다. 이 길로 가는 것이 맞는지, 이 사람과 함께 가도 괜찮은지. 지금의 삶이 또다시 돌아올 수 없는 인생행로人生行路이기에 오늘 이 순간은 가장 귀중한 시간임에 틀림없다. 그런데 사람들은 흔히 삶의 소중함을 잊고 살아간다. 삶이 더없이 소중하고 커다란 선물이라는 걸 깨닫지 못하고 하루하루를 살아가고 있다. 그래서 생일 선물은 고마워하면서도 지금의 이 "삶" 자체는 고마워할 줄 모른다.

우리는 서로 잘 알고 가깝게 지내는 사람들 병문안을 종종 하게 된다. 임종을 앞둔 환자가 있는 호스피스 병동도 들리는 수가 있다. 문병을 마치고 병원 문을 나서며 "나는 살아서 움직일 수 있다"는 현실만을 생각해도 얼마나 현재의 "삶"이 고맙고 소중하던가. 러시아의 대문호大文豪 톨스토이가 한 말이 무척 인상적이다.

"일생 중 가장 중요한 때는 바로 지금이다. 만났던 제일 중요한 사람은 바로 지금 만나고 있는 사람이다. 하였던 일 중 가장 중요한 일은 바로 지금 하고 있는 일이다"

그렇다. 우리의 인생행로에서 과거나 미래보다는 현재가 가장 소중한 것이다. 소중한 것을 알면 현재의 삶을 고마워하고 사랑해야 할 것 같다. 지금 하고 있는 일, 지금 만나고 있는 사람이 가장 소중한 일이고 이웃이다.

만보를 걷는 새벽길도 인생길이다. 어두운 새벽 집을 나서며 걷는 길은 하루를 출발하는 인생길의 시작이다. 지금의 삶이 소중하고 고마운 것이기에 오늘 하루도 착하고 아름답게 살아야겠다는 다짐을 하며 길을 걷는다. 언덕 위에서 멀리 보이는 도심 속에는 명멸하는 불빛이 그칠 줄 모른다. 터벅터벅 걸으며 생각해본다. 인생 이라는 게 과연 무엇일까? 사람이 세상에 태어난 동기는 자의든 타의든 운명으로 보아야 한다. 오늘을 살아가는 사람들은 주어진 현실을 긍정적으로 받아들이고 지금의 "삶"을 소중하고 고맙게 여겨야 할 것이다. 집을 나선 지 한 시간이 훨씬 지나면 다시 집 앞에 도착하고 여명이 나를 반겨준다. 나를 반겨주는 여명의 빛처럼 나도 오늘을 고맙게 생각하며 하루를 밝게 살아가야겠다. 나는 오늘도 내일도 새벽길을 열심히 걸을 것이다.

노인 병원과 장례식장 건물을 바라보며 늘 생각해본다. 인생의 출발점은 한 아기의 탄생이고 종착점은 그 사람의 죽음을 의미한다. "응아! 응아!" 울며 두 손 꼭 쥐고 모태를 나온 아기 옆에는 사람들이 기쁨과 환희 속에 한 인간의 탄생을 축복해준다. 죽음을 맞는 인생의 종말은 어떻던가? 모든 것을 체념한 채 가진 것 다 놓고간다는 듯이 두 손을 편 채로 조용히 눈을 감는다. 그리고 주변 사람들은 슬픔과 통곡으로 작별의 인사를 하고 있다. 인간의 탄생과 죽음을 생각하며 인생의 의미를 반추해 본다. 아름다운 인생의 목표를 향해 보람찬 삶을 이끌어가야겠다. 사람이 태어나 한 세상을 멋있게 살 수 있다면 죽음도 아름다운 삶의 마감이 될 것 같다. 잘 살아가는 길이 훌륭한 죽음을 맞는 길이 되리라.

제사祭祀의 의미

토요일 동호인 모임에서 운동이 평소보다 과격했던 모양이다. 피로가 엄습해 일찍 잠이 들었다가 깨어보니 새벽 세 시다. 잠을 청해도 도무지 잠이 더 오지를 않는다. 이리저리 뒤척이며 라디오의 다이얼을 돌리다가 새벽 일찍 잠자리에서 일어났다. 새벽길 시내버스 정류장은 휴일이라 그런지 너무도 한산하기만 하다. 한강변의 가로등들이 아직도 잠에서 덜 깬 듯 졸고 있는 모습이다. 새벽 첫차는 어둠속 고속도로를 거침없이 질주하고 있다.

오늘은 한식절寒食節이다. 해마다 성묘객들로 붐비는 도로정체를 피하기 위해 새벽 일찍 집을 나선 것이다. 차창 밖 어둠 속으로 자동차 헤드라이트 불빛이 난무한다. 어둠 속 차창 밖을 내다보며 깊은 사색에 잠겨야만 했다. 제사란 과연 무엇을 의미하는 것일까.

제사는 죽은 사람과의 관계에서부터 시작되는 것 같다. 세상에 태어난 사람은 누구나 때가 되면 죽음을 맞이해야 한다. 삶과 죽음은 그래서 양면성을 가지고 있는지도 모른다. 죽음은 누구나 맞게 될 피치 못할 사건임에도 불구하고 사람들은 그것을 외면하고 살아가는 경향이 있다.

사람이 평안하고 행복하게 세상을 살아가는 걸 웰빙Well-Being이라고 한다. 안락하고 평안한 삶이 바람직한 인생길 이라면 죽음 또한 평안한 길을 가고 싶은 게 사람의 욕심으로 보인다. 그래서 안락한 죽음, 즉 웰다잉Well-Dying을 이야기하는 사람들이 늘어나고 있는 것 같다. 제사란 물론 돌아가신 부모나 조상들을 추모하는 행사의 하나라는 걸 부인할 수 없다.

왜 제사를 지내야 하는 것일까. 어두운 차 안에서 지긋이 눈을 감고 계속 생각에 잠겨본다. 죽은 사람을 위로하는 게 제사가 아닐까 하는 생각이 든다. 살아 있는 사람은 누구나 죽음을 싫어한다. 죽음을 싫어하는 이유는 과연 무엇일가? 죽음을 기피하는 인간심리를 생각해본다. 첫째는 사후세계에 대한 두려움에서 온다고 보아야 할 것 같다. 흔히 사람이 죽으면 혼백으로 분리가 되어 백골은 땅 속으로 가고 혼은 하늘로 올라가 영靈의 세계로 간다고 이야기하고 있다. 그러나 어느 누구도 죽은 후의 세계를 정확하게 이야기할 수 있는 사람은 없다. 그래서 살아 있는 사람들은 사후의 미지세계를 두렵게 생각할 것이다. 아무도 가본 사람이 없고, 경험 없는 세계를 혼자서 가야 하는 길이라면 당연히 두렵고 궁금한 행로가 아닐 수 없다.

산 사람이 죽음을 싫어하는 또 하나의 이유는 이 세상을 살아가는 동안 맺어온 정든 사람들과의 이별이 싫기 때문일 것이다. 생자필멸生者必滅이요 회자정리會者定離라, 인생길에서 사람의 만남과 헤어짐은 너무 당연한 이치련만, 이별을 싫어하는 게 사람의 심리다. 정들었던 사람과의 헤어짐은 애석하고 슬픈 일이다. 더구나 죽음을 앞둔 사람에게는 사랑하는 가족, 친구, 친지와 헤어진다는 사실이 엄청난 충격이고 슬픔일 것이다. 먼저 저승의 길로 떠나야 하는 사람에게 살아 있는 사람들이 위로할 수 있는 게 무엇이 있겠는가. 그를 위로하고 조금이라도 안도하게 할 수 있는 방법을 찾아보았을 것이다. '헤어져도 잊지않겠다'는 다짐, 그것만이라도 최소한의 위로가 되지 않았을까.

헤어진다는 건 슬픈 일이다. 헤어지는 것보다 더 서러운 건 잊혀진다는 사실이다. 그래서 먼저 떠나야 할 사람에게는 '잊지 않겠다'는 산 사람들의 약속이 다소나마 위안이 될 수도 있었을 것이다. 그것이 제사를 생각해낸 최초의 인간심리 상태라는 생각이 든다. 부모나 조상이 돌아가신 날 제사를 지내는 풍속은 그 분들을 잊지 않겠다는 살아 있는 자손들의 다짐이라고 보아야 할 것 같다. 추모의 정이란 말이 있다. 죽은 사람을 그리며 생각하는 정감을 의미하는 말이다. 살아 있는 사람이 죽은 사람과 서로 정을 나눈다는 건 불가능한 일이다. 그러나 고인을 잊지 않겠다던 산 사람들 다짐이나 약속은 지켜지는 셈이다.

제사는 형식보다 정성이 중요하다는 이야기를 한다. 그동안의 제사에서는 준비나 절차가 너무 형식에 얽매였던 것도 사실이다. 물론 예절을 무시하라는 뜻은 아닐 것이다. 고인의 생전 모습을 떠올리며 추모의 정을 나눈다는 건 아름다운 모습이다. 고인도 '잊지 않겠다'고 다짐했던 약속을 지켜주는 자손들이 고맙고 대견할 것이다. 제사는 추모의 정을 의미한다. 순수한 마음과 정성으로 고인을 추모하는 제사 제도는 인류역사와 함께 이어져갈 것 같다. 제사도 이제는 절차나 형식보다는 시대정서에 맞게 바뀌어야 할 것 같다. 환하게 밝아오는 여명을 바라보는 동안 버스가 터미널에 정차를 한다.

죽음과 정치

아침저녁으로 제법 상큼한 기운이 도는 초가을 날씨다. 몸이 날아갈 듯 가벼운 기분이 든다. 어느새 파란 하늘이 성큼 높아졌고, 길가의 코스모스는 하늘하늘 머리 숙여 인사를 한다. 고개 숙인 벼이삭의 황금물결이 파도처럼 넘실대는 오솔길을 걷는다. 황혼길 들녘을 지나며 까닭 모를 우수에 잠긴다. 110년 만의 기록적인 무더위였다고 했다. 열대야에 시달리며 밤잠을 설치고, 식욕까지 떨어지던 지독한 무더위였다. 환경은 사람의 몸과 마음을 피곤하게 하는 것 같다. 피곤한 육신은 정신적 스트레스 때문에 더욱 피곤해지게 마련이다. 짜증나는 더위 속에 어느 정치인의 자살 소동으로 많은 사람들이 본의 아니게 마음의 갈등을 겪어야만 했던 여름이었다.

사자死者를 놓고 갈등과 시련을 겪는 정치적 분쟁은 어느 시대나 마찬가지인 모양이다. 정직과 신의를 앞세우며 승승장구하던 한 정치인의 자살소동으로 온 나라가 시끌시끌했었다. 세상에 태어난 한 생명은 그 수명을 다하고, 평안하게 죽어 자연으로 돌아가는 게 도리다. 천명天命을 다하고 죽음을 기다리는 건 아름다운 모습이다. 인간의 오복 가운데 죽음의 복을 고종명考終命이라고 했다. 타고 난 수명을 다하고 가장 가까운 이들이 지켜보는 가운데, 늘 내가 잠자던 자리에서 눈을 감는 게 고종명이 아니던가.

스스로의 목숨을 끊는 자살은 도덕적 범죄 행위다. 자살을 해야 할 만큼 절박하고 피치 못할 사정은 있을 수 있다. 그러나 자살행위는 잘못이다. 신체발부 수지부모身體髮膚收支父母란 말도 있다. "신체와 터럭과 살갗은 부모에게서 받은 것"이라는 뜻으로, 부모에게서 물려받은 몸을 소중히 여기는 것이 효도의 시작이라는 말이다. 『효경孝經』에 실린 공자의 가르침이다.

일부 층에서는 정치인의 자살 행위를 미화하는 듯한 행위를 보여 세태가 한심하다는 생각을 들게 했다.

사람의 죽음과 정치는 뗄 수 없는 인연이 있는 것 같다. 조선조 시대에는 왕족의 죽음을 놓고 조정 대신들 간에 반목과 갈등이 끊이지를 않았었다. 상례喪禮와 복제服制를 둘러싼 논쟁과 갈등은 그칠 날이 없었다. 조선조의 사색 당쟁도 인간의 죽음을 놓고 벌린 정치인들 분쟁의 역사였다.

시대는 바뀌었지만 사람의 죽음을 놓고 벌이는 정치인들 싸움은 오늘날도 변하지 않은 것 같다. 전직 대통령의 자살로 인한 국민감정의 분열과 갈등은 얼마나 슬픈 일인가. 인간의 죽음 앞에서 벌리는 이전투구泥田鬪狗는 정치를 혐오스럽게 한다. 여객선을 타고 수학여행을 가던 학생들의 떼죽음은 어떠했던가. 사람의 죽음 앞에 산 사람들은 숙연하게 마련이다. 죽은 자는 말이 없기 때문이다.

마하트마 간디의 묘비에는 우리 마음을 울리는 글이 있다. 원칙 없는 정치, 희생 없는 종교, 인성없는 과학 지식……을 경계하는 글이다. 우리는 경제발전과 물질적 풍요 속에 살면서도 '원칙 없는 정치' 때문에 선진국 진입을 못하고 있다. 세월호 해난사고는 우리나라 정치사에 영원한 오점을 남기게 되었다. 300명이 넘는 희생자를 낸 해난 사고는 분명 커다란 비극이었다. 많은 인명이 희생되었다고 국민 스스로가 선택한 국가 지도자를 감옥에 보내고 정권을 뒤집었다.

세월호 사건보다 약 20여 년 전에 서해 훼리호 해난 사고에서도 300명 가까운 인명이 희생되었다. 그 사고는 세월호처럼 정권의 교체로 이어지지는 않았다. 같은 규모의 인명 피해를 본 해난 사고에서 세월호 사고는 임기가 남아 있는 정권을 바꾸고, 다른 해난 사고에서는 정권의 변동이 없었다면 '원칙 없는 정치' 때문이 아닐까.

유난히도 무덥고 지루했던 여름철도 때가 되니 자취를 감추었다. 얼마 전까지도 더위에 지쳐 하루하루가 고난의 행군을 하는 기분이었다. 아직도 마음속에는 더위가 남아 있는데, 거짓말처럼 아침저녁 피부를 스치는 상큼한 감촉이 상쾌하기만 하다. 높고 푸른 하늘, 황금 물결치는 들녘, 한적한 오솔길 가에 핀 코스모스가 한결 정겨운 계절이다. 우리 농촌의 가을철은 가난하게 살던 시절에도 풍요를 구가하고 축제를 벌이며 동고동락을 했었다.

백의민족의 선비 정신은 아직도 살아 있다. 우리의 정치 현실도 시원한 가을 날씨처럼 맑고 투명한 시절이 왔으면 좋겠다.

하늘나라 가는 길

탐스런 목련 꽃송이가 아파트 단지 내 여기저기 고개를 내밀고 있다. 개천변 둑 노란 개나리꽃 행렬이 눈부신 아침이다. 성북천을 흘러가는 여울물 소리가 오늘따라 더욱 크게 들려왔다. 봄이 무르익은 화창한 봄 날씨 때문인지 오늘 아침운동은 즐겁고 유쾌했다. 귀가해 현관문 앞에 놓인 조간신문을 펼쳐보니 서글픈 기사 하나가 사회면을 채우고 있다. 41세 된 한 여인이 네 살 난 딸과 함께 자살한 시신이 수개월 만에 발견되었다는 것이다. 아파트 관리비가 연체된 걸 이상하게 여긴 관리사무소의 현장 확인으로 사망 사실을 알게 되었다고 한다.

사망한 여인은 유서에 동생, 언니, 작은아버지와 시댁 식구 등 6명의 이름과 연락처를 적어놓았다. 관내 경찰서는 유족들에게 연락하였으나 어찌된 일인지 시신을 인수하지 않았다는 것이다. 경찰 당국은 '마지막 가는 길 평안히 가도록 도와 달라'고 설득하였으나 1주일이 지나도록 유족들은 시신을 인수하지 않고 있다는 것이다.

신문을 읽고 나니 허탈하고 서글픈 생각이 떠오른다. 아무리 세태가 변했다 해도 이제는 사람이 죽어 하늘나라 가는 길도 외롭고 쓸쓸한 세상이 된 것 같다.

인간은 누구나 두 주먹 꼭 쥐고 '으앙' 하고 울음을 터뜨리며 주위 사람들 축복 속에 세상에 태어난다. 길거나 짧거나 한 세상 살고 가까운 이들을 울리며 혼자서 무표정하게 저 세상으로 떠난다. 거리의 노숙자나 재벌이나 세상 사람들은 누구나 다 죽는다. 사람이 태어나면서 죽는 날까지 그 인생행로에는 관혼상제라는 격식이 있다. 태어나 성인이 되고 결혼을 하는 사람들에게는 그 격식에 맞는 축복을 빌어준다. 죽은 이에게는 경건하고 엄숙하게 명복을 빌어주는 게 인간사회의 오래된 관행 이었다.

자살이라는 극단의 행동을 한 사람에게는 그 나름의 까닭이 있었을 것 이다. 자신에게 닥친 참담한 현실을 이겨내지 못하고 스스로 삶을 중단한 사람에게 연민의 정을 느낄 수도 있다. 이슬람이나 기독교 문명권뿐 아니라 동양 고전 어디엔가 스스로 목숨을 끊는다는 것은 죄악이라고 했다. 죽은 이와 살아 있는 유족들 사이에는 말 못할 사연이 있었을는지도 모른다. 살았을 적 갈등과 미움에도 불구하고 죽은 이 앞에 유족들은 겸허하고 엄숙해지는 게 산 사람의 도리로 생각했다.

가엾은 모녀의 서글픈 죽음과, 하늘나라로 가는 그들의 길이 평탄치 못한 사회현상을 보며 많은 생각을 하게 된다. 자본주의와 인류 문명의 발전은 물질만능주의 사상과 배금주의 사상이 지배하는 사회가 되어가고 있다. 재물이란 인간의 삶에 없어서는 안 될 필수

불가결한 요소다. 그러나 현대인들은 돈이면 무엇이든 할 수 있다는 생각을 하며 세상을 살아가고 있는 것 같다. 물질이 지배하는 사람들 사회는 인간의 생명을 경시하는 사회풍토를 만들고 있다. 물질의 가치가 인간의 가치보다 우선하는 세상이 되니 인간의 생명을 가볍게 생각하는 것이다. 사람의 평가를 인격이나 성품보다 그가 소유한 물질과 금전에 두고 있으니 생명경시 풍조가 생겨난다.

사람은 누구나 행복하게 살고 싶어 한다. 인간은 마땅히 행복해야 한다. 우리가 잘 사느냐 못 사느냐 하는 기준도 행복 여하에 달려 있다고 생각된다.

행복을 이야기할 때 우리는 먼저 자기 자신과 가족의 일을 생각한다. 이것이 행복의 기초 단위이기 때문이다. 하루하루 사는 일에 재미를 느끼면 그 사람은 행복한 것이다. 또 다른 행복은 이웃과의 관계에 있을 것 이다. 사람이 홀로 세상을 살 수 없듯이 내 가정 나의 가족들은 남의 집 가족들과 어울려 사회를 형성하며 살아간다. 남을 행복하게 하면 자신도 행복해지기 마련이다.

현대인들은 행복의 기준을 흔히 남보다 많고 큰 것을 차지하고 누리는 데 두려는 경향이 있다. 커다란 집, 고급 승용차, 몇 억 원짜리 회원권을 지녀야 성이 찬다. 행복은 주관적 가치이므로 단정적으로 말할 수는 없지만 결코 많고 큰 데만 있는 것은 아닐 것이다. 적거나 작은 것을 가지고도 고마워하고 만족할 줄 안다면 그는 행복한 사람이다. 현대인들의 불행은 오히려 모자람보다는 넘침에 있지 않을까 생각 된다.

우리는 지금 죽지 않고 살아 있다는 사실에 고마워해야 한다. 이 세상에 영원한 존재는 어디에도, 그 누구에게도 없다. 모두가 한때일 뿐이다. 살아 있을 때 가족과 이웃과 따뜻한 가슴을 나누어야 한다. 가여운 모녀의 명복을 빌고 하늘나라 가는 길이 평탄하기를 기원한다.

하늘공원

30년 넘게 이어온 산악회다. 금년부터는 산을 오르기보다는 '서울 둘레길'을 걷기로 했다. 서울 변두리를 한 바퀴 도는 8개 코스 157km라고 한다. 숲길, 하천길, 마을길로 연결된 둘레길을 완주하려면 1년 이상은 걸어야 할 것 같다. 지난달 안양천 코스를 걸었고, 오늘은 월드컵 공원까지 도착을 했다. 이번 달에는 하늘공원을 둘러본 게 인상적이었다. 월드컵경기장 근처에는 울창한 수목으로 단장한 다섯 개의 공원이 이어져 있다. 평화공원, 난지천공원, 난지 한강공원, 노을공원과 하늘공원이 그것이다. 그 중 가장 수려하고 장관을 이루는 하늘공원은 볼거리가 많기로 유명하다.

하늘공원은 난지도의 생태계를 복원하여 이룩한 친환경 공원이기도 하다. 하늘이 닿을 것처럼 높다란 구릉 위에 갈대와 초지로 이루어진 제법 넓은 평원이 나타난다. 공원 끝이 가물가물 보일 듯 말 듯하다. 억새풀 축제가 열리는 10월은 가을의 낭만과 추억을 남길 수 있는 멋진 장소임에 틀림없다. 팔짱을 끼거나 어깨동무를 한 청춘 남녀들 표정이 밝고, 갈대숲 사이에서 사진을 찍으며 감탄사를 연발하는 외국 관광객들 모습도 보기 좋았다. 깊어가는 가을의 하늘공원 '억새 축제'는 대중적이고 역동적인 서울의 대표적 문화축제로 자리매김 하고 있다. 하늘공원은 이제 서울시민의 휴식처이자 외국인들 관광코스로도 인기를 끌고 있는 것 같다. 생각할수록 불행한 역사를 지닌 땅이 아니던가.

58,000평의 하늘공원은 난지도에서 가장 높은 곳으로, 북쪽으로는 북한산, 동쪽으로는 남산과 63빌딩, 남쪽으로 한강, 서쪽으로는 행주산성이 바라보이는 아름답고 우아한 도시 속 공원이다. 이곳에는 다섯 개의 거대한 바람개비를 이용하여 30m 높이의 발전 타워에서 100kw의 전력을 생산하여 자체 시설의 에너지로 활용한다고 한다. 뿐만 아니라 쓰레기 더미에서 발생하는 풍부한 메탄가스를 정제 처리하여 월드컵 경기장과 주변지역에 천연가스 연료를 공급한다. 갈대와 초지로 이어진 공원 끝이 가물가물하게 바라보인다. 공원을 내려오며 가슴 뿌듯하고 유쾌한 기분이 든다. 처치하기 어려운 쓰레기를 이용해 친환경 생태공원을 조성하고 에너지까지 생산한다는 게 여간 자랑스럽지 않다.

난지도는 한강변 어느 동네에 있는 섬이었다. 생각할수록 불행한 역사를 지닌 땅이었다. 서울 시내의 생활 쓰레기를 쌓아올린 괴물 덩어리였다. 강바람에 악취가 진동을 하고, 살벌하고 스잔하기만 했던, 모두가 싫어하는 혐오의 땅이었다. 난지도蘭芝島! 이름처럼 난꽃이 가득해야 했었지만, 사람들은 그곳을 그냥 쓰레기장이라고 불렀다. 그때 난지도와 쓰레기장은 동의어였다. 1980년대 임진각을 오가며 차창 밖으로 바라보이던 풍경이 지금도 떠오른다. 우리나라 쓰레기를 다 모아놓은 듯 거대한 쓰레기더미 위에는 줄지어선 트럭에서 쓰레기를 쏟아내고 있었다. 한편에서는 폐품 수집원들이 쓸모있는 물건을 골라내느라 분주하게 움직이고 있다. 거기에는 난꽃은 커녕 풀 한 포기도 보이지 않았고, 메케한 냄새와 소음, 먼지가 범벅이었다.

난지도를 버스가 지날 때는 차안에서도 코를 막아야 할 만큼 악취가 진동하던 기억이 생생하다. 기록에 따르면 한때는 이 쓰레기더미의 최고 높이가 95m나 되었다고 한다. 보통 매립장의 높이인 45m에 비해 두 배나 높은 무시무시한 산을 쌓았던 것이다. 월드컵 경기장이 있는 상암동은 서울의 대표적 빈민촌 중 하나였다. 한강에서 불어오는 바람에 악취가 난무하고, 주민 중 일부는 난지도에서 모은 재활용품을 팔아 생계를 유지하기 마련이었다. 쓰레기 산이 포화상태가 되어 폐기물 반입이 중단된 1990년대 말부터 이곳 주민들 생활 여건이 바뀐 것 같다.

그로부터 20년 후, 상암동의 난지도 매립지와 빈민촌은 사라졌다. 아니, 사라진 것에서 멈추지 않고 새롭게 부활했다는 표현이 적절하다. 쓰레기산 두 개를 덮어 노을공원과 하늘공원을 만들었고, 월드컵에 맞춰 경기장을 개장했다. 예전의 이곳을 생각하면 그야말로 경천동지驚天動地할 변화다. 상암동 월드컵 공원 일대는 이제 서부 서울의 부도심으로 성장 발전하는 모습이 눈에 보였다. 난지도 일대 빈민촌을 뒤집어엎어 아파트촌과 디지털 미디어시티(DMC)를 조성했다. 혐오스런 쓰레기 더미에 생태공원을 만들고 에너지까지 생산을 한다. 악취와 먼지 때문에 고개를 돌리던 땅에는 첨단 정보기술단지와 고급 아파트들이 즐비하다. 지옥 같던 땅에 낙원이 들어선 셈이다. 하늘공원 일대가 내 집이 있는 우리 동네는 아니지만 자랑스럽고 가슴 뿌듯한 하루였다.

묻지마 살인사건

며칠 전 미국서 다니러 온 친구를 접대하기 위해 강남 쪽으로 갔었다. 2호선 지하철 강남역 근처에 있는 식당에서 저녁식사를 했다. 같은 서울인데도 강남과 강북은 지역적으로 차이가 난다는 생각을 가끔 하게 된다. 강남은 강북에 비해 상대적으로 풍요롭고, 주민들 살아가는 모습도 여유가 있어 보인다. 강줄기 하나가 서울을 남북으로 갈라놓아 두 지역이 이색 지대가 되고 있다는 현실이 왠지 씁쓸한 여운을 남긴다. 회식을 하고 며칠이 지났는데 '강남역 묻지마 사건'이 발생하고 사회적 파문이 크게 일고 있다.

새벽 1시쯤 상가건물 공용 화장실을 가던 한 여성을 무참히 흉기를 휘둘러 살해한 사건이다. 살인범은 신학대학을 중퇴한 34세 남자다. 범인은 식칼을 들고 한 시간가량 숨어 있다가 그 여성을 살해했다니, 기가 막힐 노릇이다. 범인은 평소에 여자들로부터 무시를 당해서 보복을 했다고 하는데, 일면식도 없는 사람을 여자라는 이유만으로 살해를 했다고 하니 너무도 어처구니가 없다. 신학대학을 다니며 평소 교회 여자들이 자신을 무시했다는 이유만으로 살인을 저지른 묻지마 범죄다.

지하철 강남역 10번 출구에는 국화꽃과 메모지가 쌓여 고인에 대한 추모의 물결이 일고 있다. 너무도 억울한 죽음이 아닌가. 추모의 메모 글씨를 달며 눈물 흘리던 어느 앳된 여성의 슬픈 표정이 오랫동안 뇌리에서 지워지지를 않는다. 이제는 화장실도 혼자 못 가는 무섭고 황량한 시대를 살아야 한다고 생각하니 서글픈 마음뿐이다. 여자라는 이유만으로 화장실에서 세상 처음 보는 사람에게 죽음을 맞이해야 했던 그 여자분, 너무도 불쌍하고 가여울 뿐이다. 삼가 고인의 명복을 빌고 싶다.

살인과 강도, 성폭행 방화 등 이른바 4대 흉악 범죄가 일본이나 미국 등 선진국에서는 점차 감소 추세에 있다고 한다. 그러나 우리나라는 반대로 강력범죄가 늘어나고 있다니 안타까운 노릇이다. 왜 이런 현상이 일어나고 있는 것일까.

우리는 일제 식민지 통치를 겪고, 동족끼리 전쟁을 치르며 나라가 완전히 폐허가 되었었다. 피폐화된 상황에서도 짧은 기간에 고도성장의 산업화와 민주화를 달성한 나라는 지구상에 한국뿐이다. 1948년 건국 당시만 해도 우리나라 무역 규모는 영국의 0.3%에 불과했다. 그로부터 63년 후인 2011년 우리의 무역규모는 1조 달러를 달성 세계 7위로 영국을 앞섰다.

영국의 한 경제주간지는 "한국의 영웅적인 경제발전 사례가 성공을 추구하는 다른 나라들의 본보기가 되고 있다"고 극찬한 바 있다. 그리고 발전과 성공의 원인을 우리 국민의 총명성과 교육열, 뒤지기 싫어하는 평등의식, 끈질긴 생존력, 하고자 하는 열정과 노력 등 국민성을 꼽았다. 그러나 동전의 양면과 손바닥 앞뒤가 있듯이, 긍정적인 면 뒤에는 부정적 측면도 있게 마련이다. 급속한 경제발전과 민주화의 부작용이 사회범죄 현상으로 나타나고 있는 것이다.

대상과 장소 시간을 가리지 않고 무차별적 폭력을 가하는 묻지마 범죄는 왜 발생할까. 따뜻한 가정 좋은 이웃이 있어 대화하고 함께 식사도 할 수 있는 사람이라면 난폭한 행동을 하지 못한다. 사업에 실패하여 곤궁한 삶을 살거나, 가족이나 주위 사람들로부터 사랑을 받지 못하고, 과거의 고통스럽고 아픈 기억이 살아날 때 충동적인 범죄를 저지른다고 한다. 범죄 예방도 가정으로부터 출발해야 한다. 자녀들을 따뜻하게 격려해주고 사랑해야 한다. 경쟁을 부추기는 우리의 교육정책은 늘 긴장감을 갖게 한다. 가정에서나 사회구조적으로 보완이 되어야 흉악범죄는 예방될 수 있다. 무엇보다 정치권에서 희망적인 이야깃거리가 나와야 한다.

한국의 경이적인 성장과 만연한 부정부패 비리는 동전의 양면과 같다. 물질적 풍요와 외형 위주의 화려한 생활이 인간의 내면적 가치를 상실해가고 있다. 인성은 간데없고 윤리 도덕은 낡은 가치관으로 인식하는 시대가 되었다. 경제성장, 정치 민주화, 모두 없어서 안 되는 덕목이다. 그러나 우리는 지금 상실된 인간성을 되찾아야 하는 정신혁명이 시급한 시대를 맞았다. 묻지마 범죄의 대상은 따로 있는 게 아니다. 남의 일이 아닌 우리 모두의 일이다. 세상에 태어나 생면부지의 사람에게 억울한 죽음을 맞은 그녀가 불쌍하다. 영혼만 이라도 범죄 없고 평화로운 낙원으로 갔으면 좋겠다.

효도계약서

거의 매일 만나 함께 운동을 하고 즐거운 시간을 보내는 친구다. 초등학교 때 만나 반세기가 훨씬 넘는 긴 세월을 가까운 거리에서 살고 있다. 오늘은 테니스 코트를 나오다가 점심식사나 하자며 식당으로 들어섰다. 땀 흘린 후 마시는 막걸리 한 잔은 늘 시원하고 달콤한 맛이 난다. 고향 이야기를 하다가 친구의 생가生家가 화제로 떠올랐다. 어릴 적에 친구네 집에 놀러가 밥도 먹고 더러는 잠까지 잔 적이 있는 잊혀지지 않는 집이다. 친구의 형수가 돌아가시기 전 마지막까지 어머니를 돌본 딸에게 집을 주었다고 했다. 효행에 보답하는 뜻으로 재산 상속을 했다고 한다.

우리는 큰 아들이 부모를 마지막까지 모시고 재산을 상속해 주는 전통사회에서 살아왔다. 자수성가를 하신 우리 할아버지께서도 살던 집은 물론이고 구렛들 논을 비롯 대부분 재산을 아버지께 주시고 돌아가셨다. 농경사회에서는 큰 아들이 부모를 봉양하고 부모 재산 상속을 받는 것을 당연한 것으로 여겨 왔다. 언제부턴가 부모의 재산 때문에 형제 동기간들 사이에 갈등과 분쟁이 생기기 시작했다. 심지어 법정 소송까지 가게 되어 집안이 허물어지는 경우를 보며 허탈하고 안타까운 기분이 들었다.

인간에게 죽는다는 사실만큼 확실한 건 없다. 그러나 죽는 날만큼 불확실한 것도 없다. 인생 말년에 정신적 육체적으로 스스로를 관리하지 못하면 그것은 비참한 삶이다. 부모가 돌아가시기 전까지 부양을 책임을 지는 자식을 효자라고 생각했다. 부모 생전에 기쁘게 해드리고 말년을 평안하게 모시는 것을 효도라고 여겨 온 것이다.

산업사회와 핵가족화가 가속화되며 고요하고 평화롭던 농경사회는 붕괴되기 시작 했다. 시대가 바뀌니 효도의 개념도 바뀌고 있는 것 같다. 꼭 맏아들이 아니라도 부모의 말년 부양 책임을 지고 재산상속을 받는 현실이 비일비재非一非再하지 않은가. 가진 재산 모두를 자식의 사업자금으로 대주고 아들네 집에 살며 갈등을 겪고 후회하는 노인들이 얼마나 많은가. 같이 살자는 딸의 꾐에 통장에 있던 돈 모두 넘겨주고 후회하는 할머니들을 자주 보게 된다.

재산과 부양 문제로 부모 자식 간에 겪는 갈등은 이제 흔히 볼 수 있는 사회현상 이다. 부모가 자식에게 재산을 다 주었는데 왜 모르는 체 하느냐며 다툰다. 이런 다툼을 막으려고 생겨난 것이 '효도계약서'가 아닌가 생각된다. 부모를 잘 모신다는 조건으로 부동산을 물려 받고 약속을 지키지 않은 아들에게 재산을 되돌려 주라는 법원 판결이 효도계약을 출발시킨 것 같다. 2015년에 우리는 효도계약이 법제화되었다.

부모와 자식이 서로 갑과 을이 되어 계약서에 도장을 찍는다는 현실을 생각하면 서글픈 생각이 든다. 사람의 마음에서 스스로 울어나는 효심孝心이라야 진정한 효도가 가능하다. 효도계약서라는 종이 한 장이 어떻게 효도를 담보할 수 있단 말인가? 효도는 윤리나 도덕에서 비롯된다. 도덕이나 윤리에는 강제성이 없다. 도덕을 지키지 않는다고 법적 제재를 받지 않는다. 그러나 법은 지키지 않으면 벌금을 물거나 감옥살이를 해야 한다. 부모에게 효도는 하지 않고 재산만 탐내는 자식을 억제하려고 생긴 게 효도계약서라면 우리의 전통문화는 이제 마지막 고별을 하는 것 같다.

더구나 국회에서는 한 발 더 나아가 '불효자 방지법'을 발의했다고 한다.

부모 재산을 물려받은 자식이 부양의무를 이행하지 않거나, 부모를 상대로 패륜범죄를 저질렀을 경우 재산을 돌려줘야 한다는 내용이라고 한다. 우리의 유교문화는 급격하게 해체되고 있다. 조상을 섬기는 방식부터 달라졌다. 명절에 조상에게 차례를 지내지 않고 벌초는 대행업체에게 넘긴다. 제사상에 올리는 제수祭需도 돈을 주고 사서 쓰고 있다. '효는 당연히 지켜야할 인륜'이란 믿음이 뿌리부터 흔들리는 시대가 되고 있다.

우리 사회가 지켜왔던 "효"라는 덕목이 퇴장하는 것 같아 서글픈 마음이 든다. 사람이 태어나서 한세상 살다가 가는 것은 동서고금 다를 것이 없다. 인간 수명이 길어지는 현재 추세라면 머지않아 100세 시대를 예고하고 있다. 내 부모가 할아버지 할머니를 봉양했듯이, 나도 내 부모를 섬기는 것은 당연한 도리다. 하고싶은 것만 하고 싫은 건 하지 않는다면 그건 사람 아닌 동물세계 이야기다. 인간은 만물의 영장이기에 부모를 섬기는 고통도 감수할 수 있는 것이다.

3부 인생과 여행

대만 기행

도성都城길

도시국가 싱가포르

백담사百潭寺

산골 나그네 -가을 문학기행

소요산逍遙山

소년의 피난길

변산반도 격포항

세밀 단상斷想

월미도 바다

청마 문학관

태항산 협곡

택배회사 인연

대만 기행

늦가을 새벽 공기가 싸늘하게 피부에 와닿는다. 이른 새벽인데도 인천 공항을 가는 공항버스는 승객들로 꽉 차 있다. 공항에 도착 출국수속을 마치고 나니 어렴풋이 여명이 밝아온다. 출국장을 들어서니 여기저기 서 있는 대형 비행기의 은빛 날개가 가을 햇살에 반짝인다. 비행기가 이륙 을하고 항로를 잡았는지 소음이 들리지 않고 조용해졌다. 새벽 세 시에 잠이 깨었었는데도 졸음이 오지를 않는다. 옆자리에 아내는 곤히 잠이 들어 있다. 가까이서 본 아내 얼굴에 요즈음 주름살이 더 늘어난 것 같다. 아내가 가엾다는 생각에 울적한 기분이 든다. 여행 작가 한비야 씨의『걸어서 세계일주』여행기 책을 읽다보니 나도 스르르 잠이 들었던가보다. 잠시 후 비행기가 착륙한다는 기내 방송에 잠이 깨었다. 인천을 출발한지 2시간 30분 만에 타이베이 도원 공항에 도착한 것이다.

입국 수속은 별로 까다롭지 않은 것 같았다. 우리 일행을 태운 전용차량은 한 시간 남짓 달려 타이베이 어느 식당에 멈추었다. 새벽에 집을 나서느라 아침밥을 먹지 못한 때문인지 맛있게 점심식사를 했다. 중국 대륙에서 어디서나 찾아갈 수 있던 한국 식당이 대만에서는 보이지 않았다. 식사 후 다음 목적지로 이동하는 동안 늦가을 짧은 해가 지고 있다. 도시는 어둠에 잠기고 네온사인이 반짝이기 시작한다.

타이베이시 도심 번화가에 있는 용화사에 버스가 선다. 대만에서 가장 오래 되고 유명한 전형적 사원이다. 불교 도교와 민간 신앙이 조화를 이룬 독특한 모습을 보인다. 어린이로부터 학생 직장인과 노인까지 진지하게 참배하는 모습에서 대만 사람들의 생활모습을 엿볼 수 있었다.

숙소로 들어오기 전에 둘러본 대만 야시장에는 여러 가지 음식과 수많은 물건들이 진열되어 있었다. 언젠가 태극기 집회에 나갔다가 일행들과 동대문 광장시장에 들른 적이 있다. 조명 밝은 시장 바닥에 앉아 녹두 빈대떡에 막걸리를 마셨던 추억이 얼핏 떠오른다.

대만에서의 첫날밤을 자고 일어나 호텔 정문을 나섰다. 가로등이 훤한 타이베이 시가지 길을 발 내키는 대로 걸었다. 외국의 새벽길 걷기는 신변 안전 때문에 늘 신경이 쓰인다. 그러나 대만은 질서가 정연하고 안전한 곳이라는 가이드의 이야기를 어제 들었기에 걸음걸이가 한결 가볍다. 호텔 식당의 아침은 현지 음식이지만 맛이 좋고 정갈하다. 중국 본토에 비해 음식의 향료나 양념이 우리 구미에 잘 맞는 것 같았다.

여행 이틀째, 우리나라 현충원과 같은 성격의 '충렬사'를 거쳐 '중정 기념당'으로 갔다. 대만 역사와 정치사에서 빼놓을 수 없는 장개석 총통의 기념관이다. 대만의 국립 고궁 박물관은 세계 4대 박물관으로 손꼽히고 있단다. 오천년 중국 역사에 버금가는, 값으로 매길 수 없는 보물과 미술품으로 가득 차 있다. 67만 점에 달한다는 박물관 전시품은 중국 본토 유물이 거의 대만에 와있는 것 같다.

1920~30년대 금광 채굴로 번성을 누리다가 지금은 쇠락한 산골 마을 '지우펀'에 도착했다. 1989년 베니스 국제영화제 그랑프리 수상영화 〈비정성시非情城市〉 촬영지로, 지금은 관광산업이 활기를 띠고 있다. 미로처럼 얽힌 좁은 골목과 계단의 홍등가에 관광객이 인산인해를 이루고 있었다. '지우펀' 관광을 마치고 산을 내려와 '스펀' 역으로 갔다. 형형색색 다양한 천등에 소원을 담아 종이로 만든 등에 글을 써 하늘로 띄워 보내는 '천등 날리기' 행사는 색다른 재미가 있었다.

여행 삼일째, 타이베이에서 화련으로 가는 기찻길 창밖으로는 궂은비가 내리고 있었다. 타이베이 역을 출발한 지 세 시간 만에 기차에서 내렸다. 우리는 북두칠성이 가장 잘 보인다는 '칠성담' 해변에 이르렀다. 태평양을 가장 가까이서 똑바로 바라볼 수 있는 위치라고 한다. 시간대별로 바닷물 색깔이 변한다고 했는데, 비 때문인지 알 수가 없었다.

버스는 다시 대만 동북부의 해발 3,000m가 넘는 대리석 협곡 속으로 들어선다. 웅장한 협곡에서 연자구, 구곡동, 자모정 관광을 마치고 어둠 속에 화련역에 도착한다. 다시 세 시간여 기차를 타고 타이베이 역에 내려 숙소로 갔다. 3일간의 대만 관광은 이렇게 끝나고 다음날 아침 도원 공항으로 가 인천행 비행기에 올랐다.

그동안 중국 본토 여행은 여러 차례 했지만 대만 여행은 이번이 처음 이었다. 중국과 대만은 같은 말과 글을 쓰는 동일민족이다. 똑같은 역사와 전통을 지니고 있지만 두 나라로 갈라선 불행한 국민들이다. 우리나라와 비슷하게 갈등과 불운을 겪는 국가와 민족이다. 대만은 중국에 비해 소득 수준도 높고 질서가 정연한 국가지만 본토 중국 때문에 국제관계에서는 많은 어려움을 겪고 있다. 우리나라가 제일 먼저 수교한 나라가 국민당 장개석 정부였지만 지금은 그때 '중공'이라 불렀던 중국과만 외교관계를 유지하고 있지 않은가.

'국가 간에는 영원한 친구도 영원한 적도 없다'는 말을 대만 여행에서 확인한 셈이다.

도성都城길

오늘은 동대문 근처에서 초등학교 동기 동창생들이 만나는 날이다. 개구쟁이 시절 친구들과 함께 뛰놀던 먼 옛날 추억을 떠올리면 저절로 웃음이 나오려 한다. 5월의 청명한 하늘이 드높고 맑은 햇살에 신록이 빛나는 아침이다. 북악 스카이웨이 숲속 길 나뭇잎들이 점점 싱싱해지는 것 같다. 며칠 전까지도 탐스럽던 아파트 단지 내 목련 개나리꽃들이 어느새 모두 지고 잎만 무성하다. 집을 나서 아파트 경내를 걸으면서도 마음은 어느새 먼 산야를 향하고 있는 느낌이다. 오늘따라 복잡하고 붐비는 버스나 지하철보다는 걷고 싶은 생각에 걸음을 재촉하고 있었다.

혜화문 앞 건너편에 '한양도성길'이라는 자그마한 간판이 눈에 들어온다. 건널목을 지나 도성길 입구로 들어섰다. 나지막한 언덕길을 올라가니 높다란 성벽이 나타난다. 성벽 아래 한적한 비포장 길가에는 이름 모를 야생화들이 낯선 길손을 반기는 듯하다. 인적이 드문 조용한 길을 20여분 걷다가 뒤 돌아다보니, 내가 사는 아파트 단지가 멀리서 가물거린다. 마치 포개 놓은 성냥갑 무더기처럼.

경사 진 언덕길을 더 올라가니 '낙산 공원' 입구가 나타난다. 공원 안으로 들어섰지만 이른 시간이라 그런지 인적이 없다. 높은 곳 전망대가 있는 쉼터 벤치에 앉아 있으니 서울 도심이 한 눈에 내려다 보인다. 창경궁, 창덕궁, 덕수궁 등 고궁들 경내 신록이 청명한 하늘 아래 빛나고, 인왕산 앞 경복궁 지붕의 파란 빛깔이 햇살에 반짝인다. 하늘을 찌를 듯 높이 솟아오른 마천루가 빌딩 숲을 이루고 있다.

여기가 조선조 시대 한성이라고 생각하니 문득 묘한 기분이 드는 것이다. 갑자기 타임머신을 타고 먼 옛날로 돌아가는 느낌이 들었다. 흰 옷에 갓끈을 정비한 선비가 청계천 수표교를 건너 남산골로 한가롭게 걸어간다. 나귀 마차에 보따리 짐을 실은 장사꾼들은 종로 저잣거리를 분주하게 오고가는 모습이 보인다. 4대문 입구에는 성문을 지키는 포도청 군졸들이 창을 들고 묵묵히 서 있고…… 지금의 청와대가 위치한 인왕산 아래는 궁궐이 있었으니 그곳은 옛날이나 지금이나 나라의 권부權府 자리인가보다.

옛날을 더듬어보며 생각에 잠겨 있는 동안 꽤 긴 시간이 지난 것 같다. 오랜 상념에서 깨어나 공원을 빠져나와 다시 도성길로 접어들었다. 내리막길이 시작되니 올라올 때보다는 걷기가 수월하다. 남산의 케이블카가 가까이 다가오는 듯한 착각 속에 길을 걷는다. 갖은 상념 속에 도심 시가지를 바라보며 도성길을 터벅터벅 걸었다.

한양 도성은 조선시대 한양의 외곽을 경계하던 성곽이었다. 조선왕조 도읍지인 한성의 경계를 표시하고 왕조의 권위를 드러내며 외부의 침입을 막기 위해 축조된 성이다. 낙산, 남산, 인왕산, 북악산을 따라 성을 쌓은 이후 여러 차례 개축을 하였다. 성의 평균 높이가 5~8m에 이르며, 전체의 길이가 18.6km로 현존하는 전 세계의 도성 중 가장 오랜 기간(500년 이상) 성의 역할을 한 것으로 알려지고 있다. 태조 때부터 대공사가 시작된 성벽 길은 일부 성문 주변에서 볼 수 있었지만, 오늘날처럼 걷기 좋게 정비가 된 것은 근대에 들어서 완료된 것으로 전해지고 있다.

한양 도성 성벽에는 낡거나 부서진 것을 손보아 고친 역사가 고스란히 남아 있다. 성벽 돌에 새겨진 글자들과, 시기별로 다른 돌의 모양을 통해 축성 시기와 축성 기술의 발달 과정을 알 수 있다. 한양 도성에는 4대문(흥인지문, 돈의문, 숭례문, 숙정문)과 4소문(혜화문, 소의문, 광희문, 창의문)을 두었는데, 돈의문과 소의문은 현재는 없어졌다. 2014년까지 한양 도성 전체 구간의 70%가 옛 모습에 가깝게 정비되고 숙정문 광희문 혜화문은 다시 세워진 것이다.

길을 걸으며 계속 생각이 그치지를 않는다. 오늘날처럼 기계나 장비가 없던 그 시절 이처럼 웅장한 축성築城을 하였다는 사실이 놀랍기만 하다. 대역사大役事를 이루어 낸 조상들의 기지와 용기에 존경스러운 마음이 그치지를 않는다. 우리의 문화와 역사가 이어져오는 도성길은 어느 곳보다 정겨운 길이다.

도시국가 싱가포르

우수·경칩이 지난 봄 날씨가 포근하고 화사한 오후다. 인천행 리무진 버스가 곧게 뻗은 자유로를 시원스럽게 달린다. 공항 대합실에 도착하니 먼저 도착한 일행들이 기다리고 있다. 모처럼 떠나는 가족들의 해외 여행길에 모두들 상기된 표정이다. 야간 비행시간이라 그런지 공항은 비교적 한산하고 출국 수속도 지루하지 않았다. 봄날의 긴 하루해가 지고 공항에는 서서히 어둠이 스며들고 있다. 밤 8시, 짙은 어둠 속에 우리를 태운 비행기는 힘차게 이륙을 하고 있었다.

야간 비행시간이라 탑승객들은 모두가 눈을 감고 잠을 청하고 있는 것 같다. 준비해간 책을 몇 쪽 읽다가 나도 스스로 잠이 들었던 모양이다. 착륙을 알리는 기내 방송에 잠을 깨고 보니 새벽 2시 가까운 시간이다. 인천을 떠난 지 6시간 만에 비행기는 말레이시아 조호마루 국제공항에 착륙하고 있었다. 새벽 시간이라 입국 수속도 비교적 간편하게 끝나고 지정된 호텔 숙소로 갔다. 6시간 비행기

안에서 잠을 잔 탓인지 자리에 누웠지만 좀처럼 잠이 오지를 않았다. 모닝콜 소리에 잠이 깨어보니 하룻밤을 잣는데도 마치 이틀이나 지난 듯한 느낌이 들었다.

여행 첫 날 조호마루 명소인 회교 사원을 둘러보고 오후에는 말레이시아 원주민 마을을 찾아갔다. 원주민들의 초라하게 살아가는 모습을 바라보며 잠깐 동안이지만 상념에 잠기지 않을 수가 없었다. 여행객들을 따라다니며 손을 내미는 어린 아이들에게 준비해간 사탕 과자를 주니 무척 기뻐하는 표정이다. 내 어린 시절의 추억이 한 토막 떠올랐다. 해방 후 우리나라에 주둔했던 미국 군인들이 차를 타고 지나가며 던져주던 껌과 비스킷을 받아들고 기뻐했던 아련한 기억이 떠오르는 것이었다.

말레이시아 관광이 끝나고 우리를 태운 버스는 싱가포르 국경으로 가고 있다. 입국장이 가까워질수록 차량 정체가 심하다. 싱가포르 일터로 향하는 말레시아 근로자들 오토바이 행렬이 길게 이어져 입국 시간이 늦어졌다. 술과 담배를 가지고는 입국이 금지라고 하니, 준비했던 두꺼비(소주)는 현지 안내원에게 선물(?)로 주어야만 했다.

여러 새들이 재롱을 피우는 '주롱새 공원'과 국립 식물원을 둘러보고 첫날 싱가포르 관광은 끝났다. 해질녘 싱가포르를 떠나 우리는 쾌속정 편으로 바탐 섬으로 갔다. 바탐 섬은 인도네시아 영토로 싱가포르 남쪽 해안에서 약 20km떨어진, 인구 110만 명의 아담한 섬이었다. 원주민 마을과 중국 사원을 구경하며 이틀 동안 휴식 시간을 가졌다.

여행 3일째 날, 새벽에 바탐 섬을 출발하여 다시 싱가포르에 입국하여 관광이 시작되었다. 스카이파크 관광은 무척 인상적이었다. 지상 200m 높이에 최고52도까지 기울어진 건물 외관, 두 장의 카드가 서로 기대어 서 있는 모양의 55층짜리 건물 3동이 나란히 서 있다. 3개동 건물을 연결하는 거대한 배 모양의 스카이파크가 웅장하다. 스카이파크 최상층에 오른 독특한 디자인의 57층짜리 호텔은 현대판 '피사의 사탑'으로 불리는 싱가포르의 랜드마크라고 했다. 세계적으로 유명한 '하포 2층 버스'를 타고 거리를 달리며 싱가포르 사람들의 삶 속에 들어가 좀더 가까이서 엿보는 색다른 재미를 느낄 수 있었다.

근대 역사의 발상지인 싱가포르 강을 따라 이어지는 야간 유람선 관광은 싱가포르 관광의 백미白眉였던 것 같다. 강변에 비치는 찬란한 불빛 속에 유럽풍의 카페 거리, 초현대식 금융가 빌딩과 100년의 역사를 간직한 고풍스러운 다리, 우아한 저택들이 눈길을 끌었다. 옛날에 가보았던 파리의 센느 강보다 더 아름답고 인상적이었던 것 같다. 이른 아침부터 밤늦게까지 관광을 마치고 우리는 다시 말레시아 조호마루 국제공항으로 갔다.

싱가포르 여행은 말레시아에서 1박, 인도네시아 바탐 섬에서 2박을 하고 끝났다. 3박 4일 동안 3개국 땅을 밟는 묘한 해외여행 코스였던 것 같다. 이 나라는 동남아에 있는 섬으로 이루어진 도시국가다. 1965년 말레이시아로부터 독립한 작은 나라로 작년 북미 정상회담으로 세계인들 관심이 높았던 나라이기도 하다. 서울 1.2배 면적에 561만의 인구, 1인당 국민소득 61,800달러로 우리의 배가 넘는 작지만 강한 나라다.

나라 전체가 푸르고(Green), 깨끗하고(Clean), 벌금 제도(Fine)가 철저한 나라다. 이 시대에도 아직 태형笞刑 제도가 있고, 법과 질서가 엄격하며 평화로운 나라다. 싱가포르에는 이광요라는 통치자가 있었다. 26년간 장기 집권을 했지만 이 나라를 세계수준의 금융과 물류 중심지로 탈바꿈시켰을 뿐 아니라, 세계 최고의 깨끗한 정부를 갖도록 했다. 밤 비행기로 인천 공항에 귀국하니 날이 훤하게 밝아 온다. 어제까지 보고 온 깨끗하고 질서 있으며 아름다운 싱가포르의 인상이 부러움으로 남아 좀처럼 잊히지 않을 것 같다.

백담사百潭寺

입추가 엊그제 같은데 벌써 처서다. 아침저녁 서늘한 기운이 감도는데도 한낮에는 아직도 더위가 기승을 부린다. 이른 아침 동서울을 떠난 버스가 2시간 만에 인제군 북면 용대리에 선다. 내설악의 계곡과 산세山勢가 웅장한 모습으로 우리를 맞는다. 이름 모를 나무와 꽃들이 백담사행 버스정류장 가는 길을 아름답게 장식하고 있다. 굽이굽이 계곡 좁은 외길을 마이크로 버스는 숨을 헐떡이며 기어오른다. 용대리 버스 정류장을 출발한 지 20여분 만에 백담사 주차장에 도착했다.

오랜 옛날 설악산 대청봉을 등반할 때 지나는 길에 잠깐 들른 적 있는 낯익은 사찰이다. 주차장에서 수심교를 건너 사찰 경내로 들어섰다. 법당, 법화실, 화엄실, 나한전, 관음전, 산신각 등 기존 건물 이외에 만해 한용운 선사의 문학사상과 불교정신을 구현하기 위해 만해 기념관, 만해 교육관, 일주문, 금강문, 만복전 등 16개 건물로 구성된 우리나라 대표적인 고찰 중 하나이다.

화엄실 앞에서 잠시 머물며 실내를 들여다보았다. 커다란 플라스틱 물통만 덩그러니 놓여 있다. 안내판에는 "대한민국 12대 대통령이 머물던 곳"이라고 씌어 있다. 전두환 전 대통령의 실명實名을 뺀 이유를 알 듯 하다. 전두환 전 대통령 내외가 유배되어 한동안 머물다 간 곳이다. 혐오스러운 정치 냄새가 맑고 향기로운 사찰 경내를 오염시킨 것 같다.

백담사 경내를 모두 돌아보고 세심교를 건너 다시 물가로 들어섰다. 널따란 개천에 시원한 물이 흐르고 여기저기 수많은 돌탑들이 눈길을 끈다. 아름다운 계곡 물에 발을 담그고 담소를 나누는 연인들이 여기저기서 함성을 지른다. 웅장한 산봉우리, 깎아 세운 듯한 단애斷崖의 계곡, 옥같이 맑고 소담스런 물, 경이로운 풍광을 바라보는 마음은 신선이 부럽지 않을 것만 같다.

백담사는 만해 한용운(1879~1944) 선생이 출가하여 수도를 한 곳이다. 국가와 민족을 위해 만해는 이곳에서 많은 수행과 집필을 하였고 『님의 침묵』, 『조선 불교유신론』 등 많은 저서를 남겼다. 일본, 만주 등 국내외를 오가며 독립투쟁을 하고 틈만 나면 백담사를 방문하였다. 충청남도 홍성이 고향인 만해의 고향 절은 바로 백담사다. 1919년 3월 1일, 민족대표자 33인을 대표하여 독립 선언 연설을 하고 투옥되어 3년간의 형기를 마치고 출옥한 우리의 애국열사다.

장엄한 백두대간의 깊고 깊은 골을 헤치며 찾던 백담사는 험하고 멀고 외로웠던 길이었다. 나무들이 치렁치렁 어우러진 숲과, 깎아지른 봉우리들이 겹치고 또 겹쳐 거대하고 장엄한 모습을 드러낸다. 집채보다 더 큰 바위들로 이루어진 넓고 깊은 계곡을 세차게 흘러내리는 그 맑고 투명한 물줄기들, 거침없고 요란한 물소리들이 계곡 양쪽 산 벽에 부딪쳐 긴 메아리로 귀청을 울린다. 내설악 큰 산의 신령스러움, 이런 게 바로 선경이 아닌지 모르겠다. 수천 수만 년 기나 긴 세월 동안 거대한 암반에 물이 흘러내리면서 파인 연못들이 대청봉에서 여기까지 100개, 그래서 그 이름이 백담사百潭寺 라고 한다. 백담사는 우리나라 전직 대통령의 유배지로 알려져온 곳이기도 하지만 3·1 독립 운동의 찬란한 횃불을 들고 구국투쟁을 한 선구자 만해의 절 고향이라는 걸 이번 여행에서 알았다.

우리 민족의 역사를 5천 년이라고 한다. 5천 년 세월동안 천 번쯤 외세의 침략을 당했다고 한다. 평균 5년에 한 번 꼴로 강국이나 외세의 침략을 당했으니 우리 민족의 삶이 얼마나 고통스럽고 힘들었겠는가. 이것이 약소민족의 슬픔이고 비극이었다. 이처럼 험난한 역사 속에서 그래도 살아남을 수 있었던 것은 민족을 위해 스스로를 희생시켰던 사람들이 있었기 때문이다. 우리는 그런 분들을 위인으로 받들고 우러러보아야 할 것이다. 그래야 우리의 미래가 밝고 튼튼해질 수 있다.

만해의 시 「님의 침묵」을 읽는 동안 백담사를 출발한 버스가 어느새 정류장에 도착하고 있다. 시 속에는 "님"이 자주 등장을 한다. 한용운의 "님"은 여러 가지로 해석을 해야 할 것 같다. 사랑하는 사람과 이별의 슬픔, 조국과 겨레에 대한 애정, 부처님에 대한 숭배……. "아아, 님은 갔지마는 나는 님을 보내지 아니하였습니다." 긴 여운이 남는 구절이다. 님이 사랑하는 사람이라면 님이 떠나갔어도 영원히 사랑할 것이란 의미 같다. 조국이나 겨레를 상징한다면 '나라를 잃었지만 끝끝내 다시 찾겠다'는 새 희망의 의지였을 것이다.

오후 늦은 시간 우리를 태운 버스는 석양을 등지고 동해안을 거쳐 속초항으로 향하고 있었다.

산골 나그네 -가을 문학기행

늦은 가을밤 낙엽 지는 고적한 시골마을 주막에 한 나그네가 찾아든다. 나그네는 19세의 젊은 여자였다. 병든 남편을 물레방앗간에 숨겨놓고 하룻밤을 묵어가겠다고 사정을 하는 것이었다. 29세 된 노총각 덕돌 만 데리고 사는 주모는 선선히 허락을 한다. 하루만 묵어가겠다는 그녀를 덕돌 어머니는 며느리 감으로 점을 찍고 융숭한 대접을 했다. 한적하던 주막에는 젊은 여자가 들자 갑자기 술꾼들이 모여든다. 아들만 데리고 살던 홀어머니의 마음은 도저히 젊은 여인을 놓치고 싶지 않았다. 얼마 전 아들 덕돌이가 남산골 어느 규수와 혼약은 있었지만, 선채금先債金 30원이 없어 파혼이 된 터라 홀어미의 마음은 더욱 간절했다.

마침내 산골 나그네 그녀를 며느리로 맞아들인다. 단칸방에서 며칠 동안 단꿈을 꾸던 덕돌이는 어느 날 한 밤중에 윗방에서 혼자 새우잠을 자던 어머니를 찾아와 놀라게 한다. 덕돌이가 밤중에 잠을 깨보니 베개만 있고, 덕돌이 벗어놓은 옷과 나란히 누워 자던 여자가 없어졌다는 것이다. 장가들고 신바람이 나 힘든 줄 모르고 황소 같이 일만 하던 덕돌이가 피곤해 잠이 든 사이 산골 나그네는 야반 도주를 한 것이다. 그녀는 물레방앗간으로 가 남편에게 옷을 입히고 서둘러 도망을 간다. 뒤 돌아보니 달빛 멀리 산모롱이에는 사람을 찾느라 수군거리는 덕돌이 일행의 목소리가 들려온다. 1930년대 소설가 김유정의 30여 편 단편소설 가운데 하나인 「산골 나그네」의 줄거리다.

수필창작반 가을 문학기행에 참석하려고 아침 일찍 서둘러 상봉 터미널로 가 춘천행 전철을 탔다. 주말이라 차가 붐볐지만 다행히 자리를 잡을 수 있었다. 입동이 지난 초겨울 날씨가 제법 쌀쌀하다. 차창 밖으로는 구름 한 점 없는 맑고 푸른 하늘 아래 농촌 풍경이 그림처럼 펼쳐지고 있다. 청평, 가평을 지나 강촌에 이르니 사람이 많이 차에서 내린다. 다음 역인 오늘의 목적지 '김유정역'에 도착하니 예정시간보다 다소 늦었다. 잠시 후에는 청주에서 출발한 문우들과 합류가 되었다. 김유정역은 기차역으로 개인의 이름을 쓴 건 국내에서는 처음인 것 같다.

서울에서 춘천은 하루나들이 길로는 부담 없이 종종 다니던 관광길 이었다. 남춘천 바로 직전 역인 김유정역은 늘 차창으로만 내다보던 기차역이었는데 오늘 처음 역사驛舍 마당을 밟아본 셈이다. 역사 가까운 '김유정 문학촌 안내소'에서 비로소 나 스스로의 편견과 무식에 놀라고 말았다. 그동안 춘천을 오고 갈대 차창으로 스치는 김유정 문학관을 보며 어느 여류 시인의 문학관으로 오해를 했던 것이다. 김유정 작가의 대표작 「봄봄」의 주인공 '점순이' 이름을 딴 식당으로 들어갔다. 막걸리를 곁들인 춘천의 명물 닭갈비는 푸짐하고 맛이 좋았다. 시 낭송을 하며 여흥을 즐기는 우리들 문학기행 일동을 식당 안 다른 손님들도 흥미롭게 바라보는 눈치 같다.

점심식사를 마치고 일행은 김유정 생가를 방문했다. 생가는 김유정의 조부가 지었던 집을 2002년에 복원한 것이라고 한다. 그의 조부 김익찬은 춘천 의병 봉기의 배후 인물로 재정지원을 하였다는 것이다. 기와집 구조에 초가지붕을 얹었다. 헐벗고 못 먹는 사람들이 많던 시절이라 집의 내부를 보이지 않게 하고 외부의 위협으로부터 가족을 보호하기 위해서였다. 생가 옆의 김유정 문학관에서 작가의 생애와 문학세계에 대한 해설사의 설명을 들으며 미처 알지 못했던 훌륭한 문학가를 다시 알게 되었다. '김유정 이야기집' '기념사진관' '민속공예 체험방'을 둘러보고 나서니 초겨울 짧은 해가 서산에 기울고 있다. 춘천 시내 어느 커피숍에 들려 오늘의 문학 기행 소감을 나누고 나와 귀로를 서둘렀다.

김유정 작가는 춘천시 신동면 증리(실레마을)에서 2남 6여중 차남(일곱째)으로 태어났다. 어릴 때 서울 종로로 이사한 뒤 일곱 살에 어머니를, 아홉 살에 아버지를 여읜 뒤 모성 결핍으로 한때 말을 더듬기도 했단다. 서울 재동 보통학교를 졸업하고 1930년 연희전문학교 문과에 입학 하였다. 당대 명창 박옥주를 열렬히 구애하느라 학교 결석이 잦아 학교에서 제적당했다. 실연과 학교 제적이라는 상처를 안고 귀향한 김유정은 고향 실레마을에서 야학과 농촌계몽활동을 하며 1930년대 궁핍한 농촌 현실을 체험한다. 1933년에 첫 단편소설 「산골 나그네」와 「총각과 맹꽁이」를 발표했다. 등단 후

30여 편의 단편소설을 남기고 1937년 29세의 젊은 나이로 요절하였다.

그가 남긴 단편소설은 탁월한 언어감각에 의한 독특한 체취로 오늘까지도 그 재미, 그 감동을 잃지 않고 있다. 일행들과 헤어져 서울행 전철을 탔다. 차창 밖은 칠흑 같은 어둠뿐, 레일을 구르는 둔탁한 기차바퀴 소리만 요란하게 들린다. 늦가을 '김유정 문학기행'은 알차고 보람 있는 하루였다.

소요산逍遙山

세밀과 연초를 맞으며 국내 시국은 더욱 시끄럽고 어수선하다. TV나 각종 언론 매체들은 권력에서 떨어진 국가원수 때리기에 세월을 보낸다. 매일 매일을 똑같은 것만 듣고 보게 되니 일상생활이 권태롭고 무기력해지는 것 같다. 무엇 하나 신선하고 신명나는 일이라곤 찾을 길이 없는 암담한 세상을 사는 느낌이 든다. 이런 세태를 아마도 난세亂世라고 하는 모양이다. 다행히 독서가 권태롭던 마음에 활력을 주었던 것 같다. 오랫만에 읽은 책 한 권이 울적하던 마음을 달래고 위로해주었다. 젊고 유능한 의사가 폐암 환자가 되어 죽음을 관조한 수필집이다.

국내 한 언론사가 선택한 2016년 최우수도서인 『숨결이 바람 될 때When breath becoms air』를 감명 깊게 읽었다. 폴 칼라니티라는 문학도이자 철학 생물학까지 공부한 그는 누구보다 그 능력을 인정받고 장래가 보장되는 훌륭한 의사였다. 최고의 의사로 손꼽히며 여러 명문 대학에서 교수자리를 제안 받는 등 장밋빛 미래가 눈앞에 펼쳐질 무렵 그는 암 선고를 받는다. 환자들을 죽음의 문턱에서 구해오던 서른여섯 살의 젊은 의사가 하루아침에 자신의 죽음과 맞닥뜨리게 된 것이다. 의사이자 환자의 입장에서 죽음에 대한 독특한 철학을 보여주었다. 약 2년간의 투병 기간 동안에도 그는 삶에 대한 의지를 놓지 않았다.

문학도에서 의학도로, 의사에서 환자로, 삶과 죽음 의미에 대한 뜨거운 생을 그리고 있다. 다가오는 죽음 앞에서 무엇이 인간의 삶을 의미 있게 하는가. 몸과 마음, 생사의 접경에서 치열하게 묻고 끝내 자신을 완전연소完全燃燒한 구도자 같은 삶을 마감했다. 시간과 싸우며 죽음을 응시한 장면 장면이 너무도 감동적이었다. 짧지만 뜨겁게 살다 간 진실한 영혼의 숨결을 보는 것 같았다. 죽음에 대한 불안과 두려움을 극복해서 마음의 평화를 찾을 것 같은 자신감을 안겨주는 책이기도 했다. 인간이면 누구에게나 언제 찾아올지 모르는 죽음을 피하지 않고 귀한 손님처럼 받아들일 준비를 하던 젊은 의사가 부러웠다. 마지막 책장을 덮으며 눈을 감고 한동안 생각에 잠겨 있었다. 갑자기 어디라도 가야겠다는 충동이 느껴졌다.

경기도 동두천시와 포천군 신북면에 걸쳐 있는 536m의 그리 높지 않은 산이 하나 있다. 수도권 시민들이 대중교통 수단을 이용해 쉽게 찾을 수 있는 명승지다. 산세가 웅장하지는 않지만 '경기 소금강'이라 불릴 만큼 주위 경관이 아름다운 유원지이기도하다. 가벼운 옷차림으로 혼자서 집을 나섰다. 창동역에서 30분 간격으로 출발하는 소요산행 1호선 전철을 탔다. 주말 아닌 평일이라 차안은 한산하다. 한 시간 남짓 달린 열차가 소요산역에 도착한다. 역 대합실을 나서니 겨울 햇살은 보이지 않고 하늘은 뿌연 잿빛뿐이다. 유원지로 가는 넓은 길이 무척 한산하고 쓸쓸해 보인다.

원효대사가 창건했다는 자재암까지 터벅터벅 혼자서 걸었다. 화담 서경덕, 양사언, 매월당 김시습 등 수많은 문인들이 이 산을 찾아 유람하며 마음을 다스리고 이야기를 나누었다는 전설이 있다. 현자賢者들이 거닐던 산이라는 명칭에 걸맞게 수많은 사람들이 지금도 많이 찾는 곳이다. 계곡에는 인적이 거의 보이지를 않는다. 자그마한 암자 입구에서 걸음을 멈추었다. 암자 앞 돌틈에서 솟아나는 물을 한 모금 마시고 땀을 식히며, 정적이 감도는 샘터에 앉아 홀로 명상에 잠겼다.

엊그제 읽은 폴 칼라니티의 에세이가 자꾸만 머릿속에 맴돈다. 죽음을 마주하는 사람에게 무엇이 인생을 살 만한 가치가 있는 것으로 만들까? 미래가 더이상 인생의 목표를 보장하지 않는 현재는 어떤 의미가 있는 것일까? 죽는 날까지 삶의 근본적인 문제들에 정면으로 도전한 젊은 의사의 치열한 생애와 사색, 감동과 통찰…… 의사들은 정도의 차이는 있겠지만 늘 다른 사람의 삶과 죽음에 관여를 하는 것 같다. 자신이 의사로서 남의 생사를 다루고, 본인이 환자가 되어 죽음 앞에서 삶의 의미를 정리한 젊은 의사이자 철학도의 고백록이 영원히 잊히지 않을 것 같다.

어느새 한 겨울 짧은 해가지고 소요산역 역사의 불빛이 흐릿하게 시야에 들어온다. 주말이면 자리를 잡으려고 소란스럽던 대합실도 오늘은 한산하기 그지없다. 열차에 오르니 승객들이 띄엄띄엄 흩어져 앉아 있다. 열차가 출발하고 덜커덕 덜커덕 레일 위를 달리는 차

바퀴 소리를 듣다가 잠이 들었다. 자재암에서 내려오다가 몇 잔 마신 막걸리가 졸음을 재촉했던가 보다. 열차는 어느새 서울 도심으로 들어서고 있다. 차창 밖을 보니 휘황찬란한 네온사인이 대도시의 어지러운 밤을 재촉하고 있는 것 같다.

소년의 피난길

초등학교 5학년 어린이들이 학교가 끝나고 집으로 가고 있엇다. 시내 학교에서 시골집까지는 시오리가 넘는 먼 길을 걸어서 다녔다. 가끔 뽀얀 먼지를 일으키며 비포장도로를 자동차가 달려간다. 차가 많치 않았던 시절이라 어린이들은 달리는 자동차가 무척 신기하게 보였었다. 동네 앞 들녘에는 흰 옷입은 농부들이 구성진 농가農歌를 부르며 늦은 모내기를 하고 있었다. 어른들이 부르던 농가는 왠지 구성지고 처량한 기분이 들었다. 집에 와 책가방을 던져놓고 여느 때처럼 동네 친구들과 자 치기를 하며 신나게 놀았다.

그런데 집 안팎에서는 어른들의 표정이 어둡고 뒤숭숭해 보였다. 어린 소견에도 예전 같지 않은 분위기가 느껴진 것이다. 요즈음처럼 신문이나 TV 같은 매스컴이 없던 시절의 농촌 이었다. '난리'가 났다는 소문이 퍼지고 있었다.

나중에야 알게 되었지만 그날은 북한이 남한을 침공한 6·25 한국전쟁이 일어난 날이었다. 고요하고 평화롭던 우리 동네도 소란스럽고 어수선한 분위기에 휩싸이는 것 같았다.

집안에서는 쌀이나 귀중품을 은밀한 곳에 간수하고 나머지 세간도 정리를 하고 있었다. 동네 입구 느티나무 아래서는 사람들이 많이 모여 소를 잡아 고기를 나누는 게 보였다. 우리 집 바깥 마당가에서도 돼지를 잡고 있었다.

할아버지 할머니, 어머니와 일부 가족들만 집에 남고, 다른 식구들은 모두 봇짐을 쌓아 피난길을 떠나게 되었다. 집에 남는 가족들과 피난길을 나서는 식구들끼리 울며불며 오열을 했다. 평화롭고 화목했던 가족들이 뜻밖의 생이별을 하는 비극적인 장면이었다. 나는 생전 처음으로 어머니 곁을 떠나가 살아야 한다는 게 도무지 이해가 되지 않아 한없이 울었다.

세상이 어떻게 돌아가는지 알 수 없던 어린 나는 그저 아버지 뒤를 따라 소풍가는 기분으로 걷고 있었다. 하루 종일 걸어서 저녁 때 도착한 곳은 하늘만 빼꼼히 바라보이는 어느 산골 동네였다. 옛날부터 '피난곳'이라고 전해 오는 동네라고 했다. 피난처라는 소문 때문이었는지 산골 마을에는 이미 많은 피난민들이 인산인해를 이루고 있었다. 여름 해가 지고 밤이 되니 잠을 잘 곳이 없었다. 근처에 있던 우리 조상 산소를 관리해주던 아저씨네 집 헛간이 숙소가 되었다. 헛간 바닥에 멍석과 자리를 깔고 담요 한 장과 홑이불을 덮고 여러 식구가 잠을 자야만 했다.

하룻밤을 자고나니 이게 웬일인가? 피난처라고 찾아간 산골 동네에 이른 아침부터 총탄이 날고 귀를 찢는 포성이 울리며 격전지가 되어가고 있었다.

피난민들은 서둘러 남쪽으로 가는 길을 찾아 걷기 시작했다. 더위와 피로에 지친 피난길이 지루하게 이루어지고 있다. 다리가 아프고 힘들었지만 어른들 뒤를 따라 계속 걸어야만 했다. 낮에는 나무 그늘 아래서 준비해간 미숫가루로 점심 요기를 해야만 했다. 남쪽으로 갈수록 피난민 숫자는 더욱 늘어나고 긴 행렬은 끝이 보이지 않는 것 같았다. 허기와 피로에 시달리며 계속 남쪽을 향해 걷고 있었다. 바람과 이슬을 맞으며 한데서 먹고 자기를 여러 날 반복하고 어느 날 시골 간이역에 도착을 했다.

철길 선로에 있는 화물차에 피난민들이 몰려가 차안으로 들어갔다. 열차 안이 꽉 차니 사람들이 열차 지붕 위까지 올라간다. 몇 시간을 기다려 출발한 열차는 중간에 서고 가기를 수 없이 반복하며 이틀 만에 대구역에 도착을 했다. 공무원이셨던 아버지 지인의 집에서 방을 한 칸 얻어 피난살이가 며칠 계속되었다. 북한군 공세가 더욱 치열해져 대구까지 철수하는 소개령疏開令이 내려졌고, 우리는 다시 피난길을 걸어야만 했다.

하루 종일 걸어서 도착한 곳이 경산이었다. 사과농장 창고가 피난민 수용소가 되어다. 커다란 창고 바닥에 자리를 깔고 봇짐을 놓으면 그곳이 우리 집인 셈이었다. 가지고 간 쌀과 냄비로 밥은 하지만 반찬이 문제였다. 남들 하는 대로 우리도 민가에 가 된장 고추장 동냥을 해야만 했다. 어린 시절 남의 집 문 앞에서 냄비를 들고 고추장을 구걸하던 추억은 영원히 잊히지 않는 추억이다.

6·25 전쟁은 유엔 참전국 도움과 인천 상륙을 계기로 전세가 역전되어 북진이 계속되고 있었다. 추석이 가까워지며 고향집 지붕

위에 둥근 달이 걸려 있던 어느 날 저녁 우리 집 이산가족은 다시 모여 환희의 통곡을 하고 있었다. 해마다 6월이 되면 어린 시절 겪은 피난길 추억이 떠오르고 안타까운 생각에 잠긴다. 내가 겪은 6·25 피난살이가 너무도 생생한데 한국동란을 왜곡하는 역사 교과서가 나온다는 것이다. 왜 역사를 왜곡해야 하는가? 정권을 잡고 국정을 운영하는 사람들이 6·25 참상을 모르는 전후 세대이기 때문일 것이다. 역사는 사실대로 기록되어야 한다. 역사에 정치 이념을 넣으면 훗날 죄인이 될 수도 있다.

변산반도 격포항

사람들은 왜 여행을 하는가. 여행이라는 게 비록 낯선 곳을 찾아 처음 밟아보는 길이라 해도, 그곳에서는 인생의 무료함을 달래고 일상에서 무뎌진 마음을 열 수 있기 때문이다. 여행에서 느낄 수 있는 무한한 설렘이 마음을 흔들고, 낯선 공간의 분위기가 마음에 와 닿을 뿐 아니라, 그곳에 내가 있다는 사실이 여행의 매력을 더욱 느끼게 한다. 다섯 사람 친구들이 모처럼 어울려 변산반도 여행길에 나섰다. 나날이 높아만 가는 쪽빛 하늘에서는 금방 푸른 물감이 주르륵 쏟아질 것만 같다. 차창으로 스쳐가는 들녘은 황금 빛깔이 찬란하고, 길가 여기저기 주렁주렁 열린 붉은 감이 탐스러워 보인다.

학창學窓에서 맺어지는 인연은 수십 년이 흘러가도 모든 게 그때 그 시절로 되돌아가는 모양이다. 먹고 마시며 떠들고 웃기며 어린 아이들처럼 어울리는 동안 즐겁고 유쾌한 시간은 속절없이 흘러간다. 변산반도 격포항의 한 리조트에 여장을 풀고 저녁식사를 했다. 여흥을 즐기다가 밤이 이슥해 모두 잠이 들었던 것 같다.

늦게 잠들었지만 새벽 5시가 되니 습관적으로 잠이 깬다. 곤히 잠든 옆 친구가 잠을 깰까봐 불도 켜지 못하고 조심스럽게 옷을 챙겨입은 후 문을 열고 밖으로 나왔다. 칠흑 같은 어둠속에 초가을 새벽공기가 섬뜩하게 피부에 와닿는다. 해외여행이나 초행길 여행지에서 늘 마주치는 걱정거리가 '걷는 길' 찾기다. 어두운 길을 더듬더듬 걸어가다 보니 격포항 포구 방향에서 환한 불빛이 나타난다. 어둠속에 빛을 만난 나그네는 비로소 안도감에 발길이 가벼워졌다. 밤새워 꽃게를 싣고온 어선에서 하역작업을 하느라 불빛 환한 부두는 소란하고 사람 냄새가 나는 것 같았다.

바다낚시를 떠나는 배가 불을 밝히고 검푸른 바다로 나간다. 여명이 가까우니 해안의 산책로가 어렴풋이 눈에 보인다. 한적한 해안가에는 여기저기 초라해 보이는 어촌 가옥들이 눈에 뜨인다.

엄마가 섬 그늘에 굴 따러 가면
아기는 혼자 남아 집을 보다가
바다가 불러주는 자장노래에
팔 베고 스르르 잠이 듭니다

가난한 어촌의 애환을 담은 애절하고 슬펐던 '섬집 아기' 동요가 문득 떠오른다. 출렁이는 파도소리를 들으며 발걸음을 빠르게 재촉했다. 해안 길을 되돌아 포구 옆 해상공원에 왔다. 멀리 방파제 끝으로 빨간 등대와 하얀 등대가 바라다 보인다. 방파제를 걸어 등대가 있는 곳까지 걷는 동안 날이 환하게 밝아오고, 격포항 주변이 또렷하게 눈에 들어온다. 등대 옆에 자그마한 안내문이 붙어있는 게 보였다. 등대에서 멀지 않은 위치에 있는 임수도에서 1993년에 커다란 해난사고가 났었다고 한다. '서해 훼리호 참사'를 이야기하는 것이다. 매년 10월 10일 292명 희생자들 위령제를 지내는 장소라고 한다.

안내문을 읽는 순간 '세월호 참사'가 떠올라 순간 우울한 기분이 되었다. '세월호'와 '서해 훼리호' 참사는 20여 년이라는 시대적 간격이 있다곤 하지만 똑같은 해난사고였다. 하지만 그 시대의 정치 사회적 환경과 지금의 모습에는 너무도 큰 차이가 있어 안타까운 심정이다.

바다에서 일어난 교통사고 때문에 우리는 스스로 선택했던 국가 지도자를 교도소에 잡아넣고, 수갑을 채운 채 끌고 다니며 재판을 하고 있다. 대통령을 선택했던 국민들의 자괴감은 말할 것 없고, 국제적으로도 얼마나 수치스럽고 망신스러운 일인가. 경제 선진국이면서도 정치 후진국을 벗어나지 못하는 단면을 또 한번 보는 것 같다. 사고 원인에 대한 책임자 문책은 필요하다. 그러나 인간의 죽음을 권력쟁취 수단으로 이용하는 정치인들은 너무 비인간적이다.

정치가 국민의 생명과 재산을 지켜주기 위한 것이라면 정치인은 믿을 만한 사람이어야 한다. 정권이 바뀌어도 달라지는 건 별로 없는 것 같다. 요즈음 '내로남불'이라는 신조어가 유행하고 있다. '내가 하면 로맨스, 남이 하면 불륜'의 줄임말로 자신의 잘못에는 관대한 반면, 남의 잘못에 대해서는 강하게 비판하는 태도를 지칭하는 말이다. 남에게는 엄격하지만 자신에게는 관대한 이중적 태도다.

인간사회는 남을 포용할 만한 너그러운 마음과 생각이 있어야 한다. 금도襟度라는 게 없는 사회는 메마르고 삭막한 사막이나 마찬가지다.

리조트에 들어서니 일행들은 잠자리에서 막 일어난 것 같다. 다른 일정 때문에 친구들보다 먼저 서울로 와야만 했다. 아쉬운 작별을 하고 버스를 탔다. 달리는 버스 차창을 내다보니 머리 숙인 벼이삭들이 황금물결을 이루어 출렁이고 있다. 높고 푸른 가을하늘, 그림 같은 농촌풍경, 이런 아름다운 산하가 우리 곁에 있다는 게 너무 고마울 뿐이라는 생각이 들었다.

세밑 단상斷想

거실 벽에 달력이 한 장이 달랑 걸려 있다. 금방 떨어질 듯한 나뭇잎처럼 애처러워 보인다. 육거리 시장 앞을 지나다보니 구세군 자선냄비가 등장을 했다. 자선냄비 종소리가 아련하고 은은하게 들려온다. 백화점 쇼윈도에는 어느새 크리스마스 트리가 반짝거리고 있다. 한 해의 여정旅情의 끝이 어느새 가까이 다가와 있다. 한 해를 보내고 새해를 맞는 일은 예나 지금이나 마찬가지일 게다. 매년 맞이하는 세밑이련만 올해는 더욱 허전하고 쓸쓸한 느낌이 드는 까닭을 모르겠다. 금년 한 해가 가면 또 나이를 먹어야겠지. 나이의 숫자가 쌓여간다는 건 인생이 숙성되는 것이라고 하는 사람도 있다. 그러나 사람이 늙어간다고 생각하면 허탈하고 씁쓸한 기분이 들게 되는 모양이다.

송년 모임을 알려주는 문자 메시지가 끊이지 않고 전화기를 두드리고 있다. 손꼽아가며 설날을 기다리던 어린시절의 추억이 지금도 잊히지 않는다. 섣달그믐이 가까워오면 설날이 빨리 오지 않아 지루하고 야속하다는 생각을 했었다. 어린시절의 추억은 지금 생각해 보면 낭만이었다. 옛날이나 지금이나 세밑은 마찬가지일 터인데 가슴에 와닿는 느낌은 너무도 다르다. 어린 시절의 세밑은 즐겁고 희망찬 기다림이었다. 나이를 먹은 지금의 세밑은 왜 쓸쓸하고 허전한 감정을 불러오는 것일까. 무엇을 잃어버린 듯한 느낌이 허탈한 감정을 불러오는가 보다. 그것은 상실감일는지도 모른다.

세상을 살아가며 무언가를 잃어버린다는 건 서운한 마음을 가져온다. 더구나 무척 소중한 걸 잃는다면 슬픔으로 마음을 아프게 한다. 어린 시절은 잃어버릴 게 없는 희망의 세월이었다. 그러나 인생의 나이테가 쌓여갈수록 얻는 것보다는 잃는 게 많아지는 '상실의 계절'을 살아가는 게 노년의 삶인가 보다. 생각해보면 그동안 나는 많은 것을 잃어버리며 살아온 것 같다. 추운 겨울날 고교입시 시험장에서 검정 두루마기에 중절모를 쓰신 할아버지가 나를 기다리고 계셨다. 군 입대하는 날 삼거리밭 모퉁이까지 따라나오시며 눈물을 흘리셨던 할머니도 돌아가신 지가 오래 되었다.

군복무 중 첫 휴가 때 나를 껴안고 우시던 어머니, 내 팔뚝에 떨어진 뜨겁던 눈물의 감촉은 지금도 잊을 수가 없다. 늘 근엄하셨던 아버지는 군 복무하는 자식에게 매월 잡지 『사상계』와 함께 격려 편지를 보내셨다. 내 곁을 떠난 소중한 그분들은 나에게 사랑만 베풀다 가신 어른들이다. 지금은 안 계신 어른들의 추억은 내 일생을 통해 가장 큰 상실감으로 남아 있다. 나 혼자만이 무언가를 잃어버리며 세상을 살아가고 있다는 느낌이 들기도 한다. 맨주먹 쥐고 태어나 한 세상 살다가 빈손으로 가야하는 인생이다. 그게 세상 사는 이치라면 무언가를 잃는다는 상실감에 너무 얽매여서도 안 되겠다는 생각이다.

세밑에는 늘 어수선하고 허전한 마음이 든다. 개인적인 생활도 그렇지만 나라나 이웃들 공동체 사회에서도 마찬가지다. 거리를 오가는 행인들 발걸음이 한결 동동거리고 찬바람에 움츠린 서민들 어깨가 처진 듯 보인다. 세밑이 지나면 또다시 정지 계절을 맞이하게 되겠지. 정치꾼들은 다시 제철을 만난 듯 시끄러워진다. 나라와 백성을 위한다는 그들의 목소리가 공허하기만 하다. 치고받고 물고 뜯는 싸움판은 국가와 국민보다는 그들 정치꾼들만의 리그league일 뿐이다. 불구경 싸움구경처럼 사람들 관심과 흥미만 돋우는 사건이 아니겠는가. 이래저래 세밑은 분주하고 어수선하며 한숨이 나오려 한다.

일찍이 『좁은 문』의 저자 앙드레 지드는 말했다. "늙기는 쉽지만, 아름답게 늙기는 어렵다." 사람은 누구나 늙게 마련이다. 아무리 평균수명이 늘어났다 해도 늙지 않는 사람은 없다. 젊은이들은 마치 늙지 않을 것처럼 살지만, 그들도 역시 늙게 마련이다. 인간이 늙는다는 것은 자연현상이지만, 아름답게 늙는다는 건 선택적이다. 늙어가는 사람은 많아도 아름답게 늙는 사람은 드문 것 같다. 아름답게 늙으면 그 삶의 질은 윤택해지고, 다른 사람들이 보기에도 좋다. 상실된 삶이라고 후회할 일이 아니다. 아름답게 늙어가며 본받을 만한 시니어가 되어야겠다. 쓸쓸한 세밑이지만 어딘가 포근한 사랑을 베풀 수 있는 곳을 찾아서 떠나가야 하겠다.

월미도 바다

달력을 또 한 장 떼어내고 보니 벌써 6월이다. 이 달이 가고 나면 올 한 해도 반 토막이 난다. 아무리 스피드 시대라고 하지만 세월마저 빠르다는 생각에 야속한 기분이 든다. 청명한 하늘을 바라보니 불현듯 바다가 그리워지는 아침이다. 오늘은 모처럼 바다 구경이나 해야겠다고 생각하며 집을 나섰다. 종로 5가에서 인천 가는 전철을 탔다. 출근 시간이 지난 때라 지하철 안은 한산하고 조용하다. 차 안의 승객들은 모두가 스마트폰만 들여다보고 있는 모습이다.

옛날처럼 차안에서 신문을 읽는 사람을 요즈음은 볼 수가 없다. 하기야 신문 기사도 요즈음은 스마트폰 안에 있다. 검색만 하면 모든 뉴스를 볼 수 있는 세상이 된 것이다.

가지고 간 책을 몇 쪽 읽고 있는데 옆자리에 앉은 중년 여인 두 사람이 큰 소리로 수다를 떤다. 책을 덮고 일어나 노약자석으로 자리를 옮겼다. 차창 밖을 바라보고 생각에 잠겨 있으려니 어느새 인천역을 알리는 기내 방송이 나오고 있다. 전철역을 나오니 바로 시내버스 정류장이다. 일행 없이 혼자서 하는 여행은 홀로 걷고 차도 혼자서 타고 모든 게 홀가분해서 좋은 것 같다. 월미도까지는 멀지 않은 거리다. 부두에는 때마침 "상여소리 재현" 문화제 행사를 준비하는 관계자들과 관광객들로 붐비고 있다.

월미도月尾島. 이름도 아름다운 달꼬리섬이다. 부둣가를 가득 메운 인파와 먼 수평선을 바라보니 아름다운 고장이라는 생각이 든다. 그러나 이 섬의 아름다움 너머에는 슬픈 역사가 있었다. 이곳은 한국 전쟁 중인 1950년 9월 '인천 상류작전'의 전초기지였다. 조용하고 평화롭던 섬마을에 폭탄 세례가 쏟아지고 섬은 불바다가 되었다. 순식간에 모든 것이 사라지고 폐허가 되었던 서글픈 역사의 땅이었던 것이다. 곳곳에 인천 상륙을 상징하는 병사들 모습을 담은 동상들이 눈길을 끌고 있다. 지금은 대한민국 굴곡의 역사를 묵묵히 지켜보고 있는 슬픈 역사의 섬이다. 오늘 월미도 바다는 욕심도 이념도 부질없다는 듯 평화롭게 넘실대고 있었다.

잔잔한 파도를 바라보며 한동안 방파제를 걸었다. 방파제 끝을 지나 인적이 드문 백사장에 앉았다. 잔잔한 수평선을 바라보니 멀리 흰 돛단배가 햇살에 반짝인다. 갈매기들은 힘겨운 듯 비명을 지르며 날아가고, 밀려오는 파도는 방파제에 부딪치며 포말을 일으키고 사라진다. 군데군데 고운 모래 위에 가녀린 발자국은 물새들이 다녀간 흔적 같다. 애틋하고 아련한 그리움이 나를 자리에서 일어나지 못하게 한다. 태초의 바다도 이런 모습이었을까 하는 상념이 떠올랐다.

산과 바다는 사람들이 즐겨 찾는 자연의 모태母胎다. 우뚝 솟은 높은 산이 장엄미의 상징이라면 망망대해 바다는 위대한 자연을 노래하는 서사시 같다. 큰 바다의 물 한 방울, 웅장한 산 속의 풀 한 포기, 영원 속의 점 하나같은 인간의 존재다. 100년을 살기도 버거운 인생은 영원하고 위대한 자연 앞에 너무도 초라하고 보잘것없는 존재 같다. 꽤 오랜 시간 수평선을 바라보며 앉아 있었던 것 같다. 시장기가 들어 자리에서 일어섰다.

오늘 나는 오랜만에 바닷가를 거닐어보았다. 팔짱을 끼고 걷는 젊은 연인들, 아이의 손을 잡고 산책을 하는 엄마들, 낚싯대를 걸어놓고 찌를 바라보는 사람들, 모래밭에 홀로 앉아 수평선을 바라보는 노인들…… 현대인들은 걱정과 불안 속에 현실을 살아가고 있다. 걱정과 불안으로부터 해방되어 살고 싶은 낙원에 대한 그리움을 지울 수가 없다.

짙푸르고 순수한 얼굴의 바다는 우리 마음을 편하게 한다. 홍수가 들어도 넘치지 않는 겸손이 있고, 가뭄이 들어도 부족함이 없는 여유를 알게 하는 바다다. 섬과 바다로의 여행은 사람들에게 독특한 매력을 느끼게 한다. 지구를 이분화한다면 육지와 바다로 나뉜다. 인간이 추구하는 "자유"는 육지에 비해 바다에 더 맞닿아 있는 것 같다. 내륙을 떠나 바다로의 여행은, 자유로움을 만끽하고 싶은 인간의 마음과 상통하는 것 같다.

청마 문학관

늘 내가 머무는 집을 떠나 어느 날 아름답고 이름난 곳으로 여행을 떠난다는 건 누구에게나 마음을 설레게 한다. 일상생활을 벗어나 잠시나마 낯선 곳의 풍물을 보고, 대화를 나누며 그 고장의 토속 음식을 먹어본다. 사람들은 가끔 낯선 고장 사람들 속으로 들어가 대화를 나누고 체험을 하며 자신의 삶을 되돌아본다. 여정 속에서 스스로의 삶을 재충전하게 되는 것 같다. 푸른솔문학 작가회가 매년 한두 차례 문학세미나를 가져온 지도 어느덧 긴 세월이 지났다. 여행을 떠나 낯선 지방에서 숙식을 하며 갖는 동호인 세미나는 다른 모임에 비해 의미가 크다는 생각이 든다. 짧은 시간이지만 회원 모두가 집을 떠나 함께 생활하는 동안 다른 때보다 소통과 이해가 원활하기 때문이다.

이번 세미나 여행도 몇 개월 전에 협의하여 결정한 일정에 따라 출발 일자가 다가왔다. 집행부의 열성적 추진계획에도 불구하고 일부 회원들의 중도 포기는 일하는 이들을 실망시켜, 안타까운 느낌을 주었다. 그렇게 인원은 줄었지만 나름대로 오히려 조촐한 분위기가 되어 출발을 하게 되었다. 어린이집을 오가는 아이들이 타던 봉고차는 어른들을 태우고 고속도로를 달린다. 지척지척 내리기 시작한 초가을 비는 우리를 태운 차가 목적지 통영에 도착할 즈음에는 굵은 비로 바뀌었다. 우산을 받쳐들고 통영시가 한눈으로 내려다보이는 누각으로 올라갔다. 다소곳하게 바다와 어울려 함초롬하게 비를 맞고 있는 시가지가 한결 조용하고 아름다워 보였다.

비는 더욱 세차게 내리고, 바다는 어느새 어둠속에 잠겼다. 예약된 식당에 들어서니 주말인데도 비 때문인지 비교적 한산한 분위기다. 집에서 늘 먹는 것과는 다른 이색적인 음식이 역시 맛있고 인상적이었다. 저녁식사가 끝나고 일행은 약속이나 한듯 노래방으로 들어섰다. 노래방이란 장소는 아마추어도 가수가 될 수 있는 편리한 곳이다. 음악과 춤은 인간에게 흥을 돋우는 촉매제 같은 것이다. 흥이라는 게 인간에게 재미나 즐거움을 일어나게 하는 감정이 아니던가. 그러기에 감흥이란 남녀노소 모두가 하나가 될 수 있는 아름다운 감정인 것 같다.

여흥이 끝나 숙소로 돌아와 여장을 풀고 세미나가 시작되었다. 미리 준비하고 계획된 원고나 교재는 없었지만 작가 회원들간 대화나 토론은 진지하고 열정적이었다. 자정이 지나도록 시간 가는 줄 모르고 토의는 계속되었다. 푸른솔 문학회의 탄생과 역사, 지금 맞이하고 있는 문제점, 앞으로의 발전 방향, 작가회의 활동 등 폭넓은 토론이 이어졌다. "독서는 사람을 풍요롭게 하고, 글쓰기는 사람을 정확하게 한다"는 말이 있다. 작가들의 논리는 정연했고, 주관과 개성이 뚜렷했다. 창 밖에는 작가회원들 토론 열기를 시샘이라도 하듯 굵은 빗줄기가 더욱 세차다. 깊은 밤 숙소 창가로 내려다보이는 바다는 빗줄기와 어둠에 가려 검푸른 빛만 시야에 들어온다.

여행 이틀째, 늦잠에서 깨어나 숙소를 나섰다. 한 나절이 다 되어 시장 안에 있는 복국 집으로 들어섰다. 허름해 보이는 식당이었지만 복국 맛은 그야말로 천하일미였다. 오후가 되니 비가 그치고 맑은 햇살이 쪽빛 바다를 비춘다. 식당, 커피숍, 공원…… 어느 곳을 가도 바다가 바라보이는 아름다운 경관이다. 옻칠 미술관을 둘러보고 라운지에서 마신 아메리카노 커피는 그 향보다는 커피잔의 아름다움에 취해야만 했다. 옻칠한 커피잔은 엄청난 가격을 호가하는 예술작품이라고 했다. 미술관을 나와 행선지는 그리 멀지않은 곳에 있는 청마 문학관으로 바뀌었다. 유치환 시인의 생애와 유품들을 둘러보고 나왔다. 온 정신과 영혼을 기울여 시를 썼던 훌륭한 문인이셨다.

> 파도야 어쩌란 말이냐
> 파도야 어쩌란 말이냐
> 임은 뭍같이 까딱 않는데
> 파도야 어쩌란 말이냐
> 날 어쩌런 말이냐

문학관을 관람하고 나서며 59세에 타계한 청마의 생애가 너무 짧았다는 생각에 가벼운 한숨이 나왔다. 바다는 언제나 서정적이며 인간의 감성을 풍부하게 한다. 푸른 바다 위에 떠 있는 듯한 통영은 아름다운 땅 이다. 아름다운 고장에서 훌륭한 인물이 나오는 건 당연한 이치다. 문학과 음악, 저명한 예술인들이 이 지역에서 많이 배출된 사연도 알 듯하다. 1박 2일의 짧은 여행이었지만 긴 여로를 달려온 듯 아쉬움 속에 헤어져야만 했다. 언젠가는 나도 와서 살고 싶은 곳, 아름다운 통영에서 가진 푸른솔 작가회 여행은 긴 여운을 남길 것 같다.

태항산 협곡

인천 공항을 떠난 비행기가 산동성 제남 국제공항에 착륙하는 데는 한 시간 반 남짓 걸렸다. 김포 공항에서 남해를 건너 제주도에 도착하는 시간과 비슷하다. 서해 바다를 건너서 바로 도착할 수 있는 곳이 산둥성이고 보니 중국과 우리는 역시 가까운 이웃이다. 모처럼 집안 가족들끼리 떠나는 해외여행 길이다. 우리 오남매 부부, 숙부 내외분, 큰 숙모와 사촌동생 이렇게 14명이 여행을 떠났다. 집안 식구들끼리 떠나는 해외여행은 어떤 나들이보다도 새롭고 유쾌한 기분이 드는 것 같다. 여행 목적지가 동양의 그랜드캐년이라는 태항산이라고 해서 더욱 설레고 기대가 컸다. 중국의 유명산인 장가계나 황산보다도 늦게 개발이 된 관광지란다.

입국 절차를 마치고 나와 우리를 기다리고 있는 여행사 전용버스에 올랐다. 버스는 우리 일행 14명만 태우고 출발을 한다. 제남 비행장을 떠난 차는 하남성을 경유 하북성을 향해 질주를 한다. 태항산이 있는 임주까지 버스는 무려 다섯 시간을 달린다. 버스 차창 밖으로 끝없이 펼쳐지는 광활한 지평선을 바라보며 여러 가지 상념에 잠긴다. 중국을 여행할 때마다 느끼는 넓고 기름진 땅에 대한 부러움이다. 미루나무 숲과 옥수수 농장이 그칠 줄 모르고 이어진다. 가족끼리 온 우리 일행에게 여행사나 종사원은 특별히 신경을 쓰고 있는 것 같았다. 막내동생과 관계가 있는 여행사이기 때문이리라. 우리는 역시 연고를 중시하는 사회에 살고 있는 것 같다.

여행 첫 날 저녁식사 회식자리가 시작되었다. 우리의 전통적 가족관계는 촌수나 호칭에 따라 정서적으로 차이가 있기 마련이다. 명절이나 기제사 등 집안 행사 때면 오래만에 만나는 가족들끼리도 의례적인 인사와 자기들 할 일만 마치고 헤어지는 느낌이다. 때로는 형식적인 인간관계만 유지되는 딱딱한 느낌일 때도 있다. 형제, 자매, 남매, 숙질, 시숙, 동서, 처제, 처형, 형부, 제부, 매형, 매제…… 각종 촌수와 호칭에 따라 다양한 인간관계가 나타나기 마련이다. 그러나 이번 여행길에 함께 비행기를 탔던 가족들 분위기는 달랐다. 평소와 달리 대화가 자유롭고 어색하지 않았다. 자연스러운 이야기나 유머가 등장하고 위트도 있다. 나이 차이는 있지만 허물없는 자연인끼리의 어울림이다. 여행은 사람 사이에 막혀 있는 장벽을 허무는 촉매제 역할까지도 하는 모양이다.

여행 이틀째, 호텔 뷔페에서 아침식사를 마치고 출발을 서두른다. 태항산 입구에 도착하니 비가 내리기 시작한다. 우비를 입고 계곡을 들어서니 금방 불어난 빗물이 가는 길을 더디게 한다. 비는 그치고 어느새 밝은 햇살이 비좁은 협곡을 들여다보고 있다. 황룡담, 구련폭포, 선녀봉, 몽환지곡을 지나 걸음은 계속된다. 귀가 멍멍하게 쏟아지는 폭포수 소리, 협곡을 삼킬 듯 거칠고 억세게 쏟아지는 계곡 물이 무섭게 흘러간다. 잠시 후 호수처럼 흐르는 잔잔한 물결이 나타난다. 물가에는 이름 모를 꽃이 아름답게 피어 있다. 강렬한 여름 햇살이 맑은 물속을 투명하게 비추고 있다. 계곡을 오르는 동안 변화무쌍하게 이어지는 태항산의 신비에 탄복하지 않을 수 없었다.

태항천로 종점에서 정상에 오른 안도감과 성취감에 반주도 몇 잔 곁들여 식사를 마쳤다. 우리 일행만 탄 전동차는 가물가물 먼 거리의 협곡을 바라보며 계속 정상으로 올라간다. 안개와 구름을 타고 하늘로 치솟는 느낌이다. 장엄하고 신비로운 자연현상에 감탄과 환호성이 그칠 줄 모른다. 천경天境을 지날 즈음 나도 모르게 감탄해 천상병 시인의 「귀천」을 낭송해 가족들로부터 갈채를 받았다. 전동차가 멈춘 곳에서 다시 내리막길로 돌아선다. 왕복 14km를 가고 오며 바라본 장엄하고 신비로운 협곡 이었다. 하산을 마치고 버스 좌석에 앉으니 나른하게 피로감이 온다. 몇 시간 동안의 체험이 마치 꿈을 꾼 듯한 느낌으로 다가오는 것이었다.

중국의 아름다운 협곡 베스트 10에 든다는 태항산 대협곡을 동양의 그랜드캐년이라고 하는 이유를 알 것 같았다. 대협곡은 길이가 45km, 높이는 해발 800~1739m라고 하니, 그 웅장한 규모나 경관의 신비성에 누구나 감탄할 것 같다. 몇 년 전 미국의 그랜드캐년을 갔을 때 저녁노을에 펼쳐지는 계곡을 바라보고 감탄하며 발길을 떼지 못했던 추억이 있다. 그곳에서는 협곡을 바라는 보지만 진입은 할 수 없었다. 태항산 그랜드캐년은 협곡을 걸으며 자연의 신비롭고 위대한 모습에 감동을 느낄 수 있었다. 이번 여행에서 인간은 위대한 자연 앞에 너무도 초라한 존재라는 걸 다시 한번 느꼈다. 자연을 정복한다는 인간의 거만한 자세는 버려야할 것 같다. 가족끼리의 나들이에서 서로의 존재를 재확인하고 내 식구가 소중하다는 교훈을 얻고 온 여행이었다.

택배회사 인연

객지에서 정년퇴직을 하고 귀향歸鄕한지 얼마 되지 않던 어느 해 봄날이었다. 집에서 그리 멀지않은 골프연습장에서 운동을 하며 땀을 식히고 있었다. 누군가 자동판매기에서 음료수를 들고 오며 인사를 한다. 앞집에 사는 S사장이었다. 함께 음료수를 마시며 대화를 나누다보니 친근감이 생겼다. 종종 만나고 서로의 처지까지 이야기하는 친숙한 사이가 되었다. 어느 날인가 농기계 제조업을 하던 젊은 사장은 돈을 빌려달라는 제안을 하는 것이었다. 이웃사촌이니 마음 놓고 퇴직금 일부를 빌려주었다. 믿음이 가는 인간관계면 돈을 빌려줄 수 있다고 쉽게 생각을 했었다. 서로 돕고 사는 것도 좋은 일이 아니겠는가 하는 순수한 마음이었다. 그리고 한동안 세월이 지났다.

어느 날 그가 운영하는 기업이 부도를 냈다는 소식을 듣게 되었다. 그가 운영하던 공장을 찾아가 보니 문이 굳게 닫혀 있고 공장

기계는 모두가 압류된 상태였다. 낭패한 기분이었지만 어찌할 수가 없지 않은가. 기업이 도산倒産하는 광경을 더러 보았지만 나와 관계가 있는 이웃집 사장이 무너지는 걸 보며 많은 생각을 하게 했다. 기업가가 도산을 하면 그 가정도 어려워지는 게 필연적 현상이다. 가장家長은 자유가 없는 몸이 되었고 살던 집은 경매가 되어 다른 사람에게 넘어갔다. 한 가정이 풍비박산風飛雹散하는 불행한 사태가 벌어졌다. 가장이 집에 없는 어린 남매의 엄마는 일을 해야만 했다. S사장 부인은 남자도 하기 힘든 택배 기사의 일을 하고 있었다.

채권자는 받을 권리를 가진 권력자이고, 채무자는 갚을 의무만 지닌 가난한 사람이다. 그들과 나는 대등한 처지가 아닌 불평등한 인간관계다. 「베니스 상인」에 나오는 채권자 '샤일록'의 인상은 누구에게나 증오憎惡의 대상이다. 자신이 채권자라는 사실이 왠지 부끄럽고 다소 위축감까지 느껴야만 했었던 이유를 지금도 모르겠다. 내가 돈을 빌려준 게 그들의 불행을 초래한 것 같은 자괴감마저 드는 것이었다. 어려운 처지의 채무자에게 심하게 굴면 악덕 채권자라는 생각이 머리를 스쳤다. 설이나 추석 명절 때 작은 선물이라도 전하며 위로하고 격려를 잊지 않았다. 어느 날인가 S사장으로부터 장문의 편지가 날아왔다. 지금은 자유롭지 못한 몸이지만 사회에 복귀하는 날에는 고마운 은혜에 꼭 보답을 하겠다는 내용이었다. 크게 잘한 일은 아니지만 고맙다는 인사에 보람을 느꼈고 그들이 잘 되기를 마음으로 빌었다.

세월이 지나고 사회에 복귀한 그는 부인과 함께 택배회사 일을 하고 있었다. 옛날에 운영하던 농기계 제조업과는 거리가 먼 사업 분야다. 택배회사 지점요건을 갖추기 위해서는 자동차가 몇 대 필요하다는 것이다. 부도를 맞고 신용불량 상태에서는 차량구입 자금 조달이 불가능한 것이다. 모든 사정을 잘 아는 나로서는 그의 자금 지원 요청을 거절하기가 힘들었다. 자동차를 사게 해 주었고 끝내는 그들이 운영하는 택배회사에 관여를 하게 되었다.

인연은 가지고 싶다고 맺어지는 것도 아니다. 연분은 그래서 본의 아니게 이루어지는 운명적인 인간관계 인지도 모른다. 회사에 관여를 하다 보니 사업자금 투자를 계속해야 했고 어느새 택배회사 사업주가 되어있었다. 30년 공직생활을 하며 평생직장을 잘 마무리한 셈이다. 그런데 택배회사 사주가 된다고 꿈엔들 생각이나 해보았겠나. 그래서 인연이란 묘妙하고 기이奇異하다는 생각을 지울 수가 없다. 이제는 어쩔 수 없이 기업경영에 매진하는 수밖에 없는 처지가 되었다. 채권자가 투자자로 입장만 바뀐 셈이다. 30년 직장생활을 마치고 떠나오던 날은 서운한 감정이 있었던 것도 사실이다. 나이가 들며 현직現職을 떠나 역할役割을 상실한다는 건 누구에게나 슬픈 일이다. 다시 일은할 수 있는 기회가 왔다고 자위自慰해야 할 것 같다.

사람은 한평생동안 다른 사람과의 인연 속에서 살아간다. 사람끼리의 연분緣分이란 내가 맺고자 해서 이루어지는 경우도 있지만 나의 뜻과는 상관없이 맺어지기도 한다. 세상을 살아가며 사람은 누구나 다른 사람과의 관계를 맺기 마련인 것 같다. 인간사회란 사람끼리 모여 관계를 맺어가며 살아가는 세상을 의미한다. 무인고도에서 혼자 생존해 있다면 그건 정상적인 인생행로가 아닐 것이다. 인간관계로 맺어지는 연분은 좋은 인연도 악연惡緣도 있게 마련이다. 좋은 인연은 한 인간을 평생 동안 즐겁고 행복한 인생길로 끌고 간다. 그러나 잘못된 연분은 피곤하고 불행한 인생행로를 가게 하는 것 같다. 사람끼리 맺어지는 인연은 어쩔 수 없는 운명일는지도 모른다.

4부 버들다리

가정의 달

고향세

나라 걱정하는 백성

도화살桃花殺

버들다리

아무도 없을 때

유교는 종교인가

잃어버린 고향

숨겨준다는 것은

스포츠 영웅들

향교의 밤

설 명절

소나무

가정의 달

계절의 여왕, 신록의 5월이다. 아름다운 계절만큼이나 갖가지 모임과 행사가 많은 달이기도 하다. 어린이날, 어버이날, 성년의날, 부부의날 등 가족들이 모이는 행사도 많은 계절이다. 그래서 5월은 가정의 달, 가족끼리 서로의 존재에 감사하고 사랑을 나누는 달이다. 어버이날을 맞아 올해도 자식들의 초대를 받았다. 대학입시 고난의 길을 들어선 큰손자 도경이만 빠지고 온 가족들이 모였다.

맛집이라고 소문이라도 나고 이름이 좀 알려진 식당은 빈자리가 없는 저녁 시간이다. 예약을 하지 않고 왔다가 문전박대를 당하는 손님들이 심심찮게 눈에 뜨인다. 푸짐한 저녁 밥상에 용돈이 든 봉투까지 받고 보니 흐뭇한 느낌이 든다. 한편으로는 무언가 아쉽고 허전한 마음이 머릿속을 떠나지 않는 것이다. 어버이날 부모를 받드는 자식들 덕분에 호사를 누리는 내가, 모실 수 있는 부모가 없다는 현실이 순간적이지만 마음을 아프게 했다.

부모와 자식, 형제지간은 우리 가족제도의 근본이다. 인생에서 가정의 위치처럼 중요한 것이 없다. 사람은 가정에서 나와 가정으로 돌아가는 존재다. 인간이 언제나 돌아가는 곳은 '우리의 집'이다. 집에서는 부모처자와 형제자매라는 가족이 나를 기다리고 있다. 이 세상에 가정처럼 따스한 곳은 없다.

"남자가 집을 나서면 일곱 사람의 적이 있다"는 말이 있다. 가정 밖의 세상이 치열한 경쟁의 무대임을 이르는 말일 것이다. 가정 밖의 사회는 치열한 경쟁의 무대다. 집을 나서면 냉혹한 경쟁의 찬바람이 분다. 그러나 가정은 언제나 따뜻하고 훈훈한 바람이 부는 곳이다.

인간의 사랑은 가정으로부터 시작된다. 가정은 인간 최초의 학교이며, 부모는 인간이 세상에 태어나 처음으로 만나는 스승이다. 어린애가 집에서 부모에게 말을 배우고 예절을 배운다. 의식주에 관한 기본 습관을 익히고 인간의 도덕도 배운다. 문화와 전통, 가치관을 배우고 생활 방식을 배우는 곳이 가정이다. 훌륭한 가정교육으로 전통이 계승되고 역사가 면면히 이어지는 것이다.

부모는 자녀의 양육자인 동시에 교육자인 것이다. 그러기에 부모는 교육자로서의 자각과 책임을 가져야만 한다. 사람이 이 세상에서 받는 교육적 영향 가운데 부모에게서 받는 것이 가장 크다고 한다. "학교는 인간을 못 만든다School never makes a man"는 명언이 있다. 학교 교육의 한계를 지적한 말이다. 오늘의 우리 교육 현실은 어떠한가? 지식 교육과 기술교육에만 치중하고 상급학교 입시 교육에만 골몰하고 있지 않은가. 이러한 학교 교육만으로는 결코 교육의 근본 목표인 전인교육을 할 수가 없다. 현대 학교 교육은 인간다운 인간을 만들지 못한다. 자녀를 학교에 보냄으로써 교육이 끝났다고 생각해서는 안 된다.

학교 교육은 교육의 일부에 지나지 않는다. 학교 교육보다 더 중요한 것은 가정교육이다. "문제 아동이 있는 게 아니라, 문제 가정이 있다"는 명언을 우리는 잊어서 안 된다. 범죄와 비행을 저지르는 문제 아동이 왜 생길까? 문제가 있는 가정에서 비행 청소년이 생긴다. 건전한 가정에서는 절대로 문제 아동이 생기지 않는다. 문제 가정이 문제 아동의 온상이다. 결손 가정에서 비행 청소년이 나오게 되어 있다.

수신제가치국평천하修身齊家治國平天下라는 말이 있다. 스스로의 몸을 닦고 집을 안정시킨 후에 나라를 다스리며 천하를 평정한다는 뜻이다. 유교에서 강조하는 참다운 선비의 길이라지만, 신세대나 현대인들은 고리타분하다고 외면하기 쉬운 개념이다. 인간 사회의 기본 단위조직은 가정이다. 건전한 가정의 건설은 건전한 국가의 근본이다. 그러므로 가정의 교육적 기능은 아무리 강조하여도 부족한 것이다.

가정은 인간 성격 형성의 가장 중요한 터전이다. 그러기에 가정의 최종적 기능은 도덕적 기능으로 보아야 한다. "가정은 도덕의 학교다." 스위스 교육자 페스탈로치의 명언을 되새겨볼 필요가 있다. 우리는 누구나 가정에서 인간 도덕의 원형과 기본을 배운다.

우리는 6·25 전쟁의 잿더미에서 단기간에 눈부신 경제성장을 이루었다. 물질적 성공은 이루었지만 정신적 가치가 뒷받침 되지 않은 기형적 성장을 이룬 것이다. 산업사회가 되고 인구가 도시로 집중하며 대가족 제도가 붕괴되고 있다. 전통적인 우리의 정신적 가치도 상실될 위기를 맞고 있다. 우리의 가정과 가족제도가 해체될 위기를 맞고 있는 지금 건전한 가정교육을 기대하기 힘든 현실이 되었다. 교육은 국가의 백년대계百年大計라는데, 가정교육이 붕괴되어가는 현실이 안타깝다.

고향세

고향에 고향에 돌아와도
그리던 고향은 아니러뇨
산 꿩이 알을 품고
뻐꾸기 제철에 울건만
마음은 제 고향 지니지 않고
머언 항구로 떠도는 구름
오늘도 뫼 끝에 홀로 오르니
흰 점꽃이 인정스레 웃고
어린 시절에 불던 풀피리 소리 아니 나고
메마른 입술에 쓰디쓰다
고향에 고향에 돌아와도
그리던 하늘만이 높푸르구나

우리 고장 향토시인 정지용의 시 「고향」이다. 사람에겐 누구나 고향이 있다. 자기가 태어나 자라고, 조상 대대로 살아온 곳을 일컫는 말이다. 뿐만 아니라 자신의 마음속에 깊이 간직한 그립고 정든 땅을 고향으로 생각한다. 고향이란 말은 누구에게나 다정함과 그리움과 안타까움이라는 정감을 강하게 주는 말이다. 나의 과거가 있는 곳이며, 정이 든 땅이며, 내 마음에 새겨진 아름다운 또 하나의 세계다. 현대인들은 지금 마음의 고향을 잊은 채로 살아가고 있다.

국가경제의 성장 발전에도 불구하고 우리 모두의 고향인 농촌은 지금 많은 어려움을 겪고 있다. 저출산·고령화로 농촌 인구는 줄어들고, 젊은이들은 기회만 있으면 도시로 나가고 있다. 지금 우리 모두의 고향은 마음속에 그리던 정든 땅이 아니다. 어린 시절 불어보던 버들피리 소리 들리지 않고, 그때 그 시절 높푸른 하늘만 허전하게 다가온다. 아기 울음소리 그친 고향에 소쩍새 우는 소리는 우리를 슬프고 허전하게 한다.

세계 경제의 흐름이라고 하지만 자유무역협정(FTA)의 희생양이 된 건 우리의 고향인 농촌이다. 농수산물 가격 폭락으로 농업소득은 줄어들고, 농촌 경제는 파탄을 겪고 있는 것이다. 농촌이 FTA의 희생양이 된 안타까운 현실이다. 고향집 고향마을 고향산천 고향사람들로 나타나는 시골의 정든 모습은 생각만 해도 가슴이 아련하지 않은가.

농촌 출신의 도시 사람들이라면 정든 고향을 아름답게 보전하고 훌륭하게 가꾸어나갔으면 하는 생각을 누구나 가지고 있다. 자기 고향을 자랑하며 도와야 하겠다는 뜻에서 '고향세' 도입이라는 목소리가 높아지고 있다. 농촌 출신 인사들이 중심되어 고향세를 법제화하려는 움직임이 구체화 되고 있다. 고향세라고 하니 우선 세금에 대한 거부감이 떠오른다. 그러나 고향세는 납세 의무나 강제성이 없고, 스스로 내는 기부금의 성격에 가까운 것 같다.

고향을 생각하고 사랑하는 출향인사出鄕人士들이 자신이 태어나고 자란 고장이나, 본인이 원하는 지자체를 지정해 기부를 하고 연말정산에 소득공제 혜택을 받도록 하는 자발적 세금인 셈이다. 기부를 받은 지자체에서는 기부자에게 일정 비율에 해당하는 금액의 농수산물이나 특산품을 보내준다. 지방의 균형발전, 특히 도시와 농촌 간의 재정 격차를 줄이고 농촌경제를 활성화하기 위하여 도입하는 제도다. 고향세를 매개로 납세자는 애향에 대한 자부심을 갖고, 지자체에서는 열악한 지방재정에 도움을 받으며, 고향 주민들은 농수산물 특산품을 안정적으로 판매할 수 있으니 일거삼득인 셈이다.

고향세는 2008년 일본에서 처음 도입한 제도로서, 지금은 성공적으로 자리를 잡았다. 국민의 80%가 찬성하는 고향세는 우리나라에서도 머지않아 시작될 전망이다. 호사수구狐死首丘라고, 여우는 죽을 때 제가 살던 굴이 있는 언덕으로 머리를 돌린다고 했다. 하찮은 동물도 고향을 그리워하는 마음이 있음을 나타내는 말인데, 만물의 영장이라는 사람이 제가 태어나고 자란 정든 고향을 잊는다면 말이 되겠는가.

사람은 먹지 않고 살 수가 없다. 우리의 먹거리를 생산하는 농촌은 국민 모두에게 마음의 고향이다. 우리나라 국민들은 유난히 정이 많은 민족이다. 우리 모두의 뿌리인 고향에 대한 향수도 애틋하기 그지없다. 쌀 한 말, 배추 한 포기라도 내 고향 농산품을 사용하는 애향심이 필요한 때다. 고향세 제도가 잘 정착해 보다 풍요롭고 살기 좋은 농촌이 되었으면 좋겠다. 옛 정취가 풍기는 아름답고 평화로운 고향을 보고 싶다.

나라 걱정하는 백성

국가는 국민의 생명과 재산을 보호하는 데 그 존재이유가 있다. 백성들을 보호하고 잘 살게 해 달라고 국민들은 나라에 세금을 내고 병역의무도 하고 있는 것이다. 그런데 지금 우리나라는 사면초가四面楚歌에 놓여 있는 것 같다. 일본과의 관계는 국교수립 이래 최악의 상황이다. 경제전쟁 상태에 있어 장래가 무척 불안하다. 중국과 러시아 비행기들이 우리의 하늘을 침범해 휘젓고 다니면서도 오히려 적반하장賊反荷杖이다. 북한은 하루가 멀다 하고 미사일을 발사하고, 우리를 위협하며 조롱까지 하고 있다. "오지랖 넓다", "맞을 짓 하지 말라", "겁먹은 개" …… 우리 정부를 향해 그들이 내뱉는 막말이다. 일언반구一言半句 대답을 못하고 침묵하는, 대통령이나 정부에 국민들이 오히려 걱정과 우려를 보이고 있다.

남한 전역을 때릴 수 있는 북한 미사일 발사를 눈감으면서 미국은 한국의 방위비 분담금을 엄청나게 요구하고 있다. 미국이 진정한 우리 동맹국인지 의심이 드는 요즈음이다. 전쟁의 폐허에서 세계 10위권 경제대국이 되었고, 민주주의국가인 대한민국이 동네북 신세가 되었다. 굶는 백성 먹이라고 쌀을 보내는 우리나라를 보고 북한은 고마워하기는커녕 "시시껄렁한 물물거래, 생색내기"라며 퇴짜를 놓았다. 개인에게 인격이 있듯이 나라에도 국격國格이 있다. 인격을 무시당하면 사람은 분노하고 상대를 향해 응분의 대처를 한다. 북한의 오만불손에 저자세로 침묵만 하는 국정 책임자나 정부에 대하여 오히려 백성들이 걱정을 하고 있다.

지금 대한민국의 현상을 보면서 서구 열강과 제국주의 일본에게 나라를 빼앗긴 역사가 떠오른다. 구한말 풍전등화 같던 대한제국의 몰락을 보는 것 같아 섬뜩한 기분마저 든다. 철저하게 힘과 실력이 지배하는 국제관계를 무시할 수 없는 현실이다. 비교적 힘이 약한 국가는 이해관계가 맞는 다른 나라와 동맹관계를 맺음으로써 힘의 균형을 유지하는 게 국제 관례다.

한반도는 과거로부터 국제 열강세력들의 전략적 요충지라고 한다. 구한말뿐 아니라 현재도 한반도는 국제 열강들의 전략지역인 것이다. 지금이 구한말과 다른 점은 한반도가 남북으로 분단되어 두 개의 국가로 존재한다는 사실이다. 분단된 두 국가를 사이에 두고 중국과 러시아, 미국과 일본이 그들의 정치적 이해관계를 앞세워 복잡한 국제관계를 이루고 있다.

구한말 고종 임금과 그 신하들의 무능과 당파싸움은 국제정세를 잘못 판단하게 하였다. 개화 정책에 실패하였고 서구 문물을 제때에 받아들이지 못해 국가발전이 늦어졌다. 고종 임금은 열강 여기저기를 기웃거리다가 모두에게 왕따 당하고, 동아시아 패권국이 된 일본에게 결국 나라를 빼앗겼던 것이다. 고종 임금의 무능과 국제 정세 판단 오류가 국가를 망하게 한 원인을 보며, 최고 통치권자의 능력과 판단의 중요성을 다시 생각하게 한다.

대한민국 존립에 가장 중요한 동맹관계인 한국-미국-일본의 우호관계가 깨져가고 있다. 우리에게 가장 큰 위협은 북한의 핵개발과 미사일이다. 미국은 북한의 미사일 발사가 미국까지 가지 않는 단거리 미사일이라며 모르는 척하고 있으니, 과연 우리의 진정한 동맹국인지 의심스럽다. 일본과는 과거사 문제로 때 아닌 경제전쟁에 들어갔으니 엎친 데 덮친 격이다. 대한민국의 안전보장이 지켜질 것인지 국민들은 의심하고 걱정이다. 대한민국의 안전보장은 한국, 미국과 일본의 동맹과 우호가 핵심 이었다.

미국 대통령의 북한 독재자를 대하는 비상식적 태도나, 국제외교 문제를 경제 전쟁으로 몰고가는 아베 정권의 행태를 보며 우리나라의 안전보장 문제가 심각한 위기 상황에 놓인 것 같다는 생각을 지울 수가 없다. 북한은 말할 것 없고, 미국이나 일본의 태도를 나무라기에 앞서 우리의 안보 외교를 비롯한 국정 운영이 무능한 건 아닌지 반성해야 한다.

한반도를 폐허로 만들었던 참담한 6·25 전쟁을 겪은 세대들이 우리나라에는 아직도 많이 살고 있다. 위정자나 집권 세력 대부분이 전후 세대라서 전쟁의 비극과 참상을 모르는 건 당연하다. 경험이 없으면 역사를 올바로 보는 지혜라도 있어야 한다. 지나친 이념의 편향이 나라를 흔들고 국난을 불러오고 있다.

역사는 끊임없이 반복되고, 역사를 잊은 민족에게는 미래가 없다고 했다. 힘과 실력, 실리에 바탕을 둔 이성적 판단을 해도 헤쳐나가기 쉽지 않은 현재의 한반도 국제정세다. 하루가 멀다 하고 미사일을 발사하며 우리를 위협하고 조롱하는 북한, 수출입국輸出立國 정신으로 일으킨 우리 경제를 목 조르려고 시작한 일본의 경제 전쟁, 절대적인 우리의 동맹국 우방이라고 생각했던 미국의 애매한 태도가 우리의 국가안보를 위협하고 있는 것 같다. 국정 책임자나 집권세력들의 반성과 지혜가 절실한 오늘이다.

도화살桃花殺

정권이 바뀌고 새 정부에서 적폐 청산을 한다는 기사가 매스컴을 장식하고 있다. 정부기관이 하는 일이나 행동에 있어 나타나는 부정적 현상이나 해로운 요소를 일러 폐단이라 한다. 정부나 정권의 잘못으로 국민이 피해를 보면 그게 바로 폐단이다. 오랫동안 쌓이고 쌓인 폐단을 적폐라 할 것이다. 전 정권이 잘못해 쌓여온 폐단을 정리하는 건 너무나 당연하다. 국가나 정부의 잘못으로 국민이 피해를 보게 하면 국가나 사회가 올바른 방향으로 가지 못하고, 그 피해는 고스란히 힘없는 국민에게 돌아간다. 정권이나 그 정부의 잘못으로 피해를 입는 국민들을 자주 보아 왔다. 노동자나 농민 도시근로자를 비롯하여 취약계층 국민들이 정치권력이나 정부로부터 피해를 받고 그것이 적폐로 쌓이게 되는 경우가 많다.

국가 권력 잘못으로 피해를 보는 사람들은 대부분이 서민으로 보인다. 그러나 좀처럼 이해하기 어려운 게 연예인들이 피해를 보았다고 주장을 하고 있는 것이다. 그것도 이름이 알려지고 대중들로부터 인기를 누리고 있는 사람들이다. 유명 연예인들은 예술가 반열에 있고, 소득이나 명예도 비교적 크게 누리는 사람들이다. 그런 사람들이 국가나 정부로부터 과연 얼마나 큰 피해를 받았을까 하는 의구심이 드는 것이다. 어느 권력이든 자기들을 헐뜯거나 비판하는 상대에게는 비우호적일 것이다. 그것이 잘되었다는 이야기는 물론 아니다.

명리학命理學에서는 사주에 도화桃花가 있으면 사람들에게 인기가 있고, 끼가 있어 연예계나 방송계에 진출하는 게 좋다고 했다. 탤런트, 가수, 배우, 화가, 무용가, 아나운서, MC들은 대부분 도화가 사주에 있으며 그 직업에 적성이 맞는 것으로 이야기한다.

옛날에는 사주에 도화살이 있으면 미색을 탐하고 성욕이 과하여 이성문제를 자주 일으키고, 음주 가무에 빠지기 쉬우며, 음란하고 인륜을 거스르는 행동으로 패가망신을 한다고 했었다. 그래서 사주에 역마살이나 도화살이 있으면 모두가 싫어했다. 그러나 지금은 상황이 많이 달라졌다. 요즈음 신세대 중 많은 이들이 연예계로 진출하는 걸 희망한다. 세월 따라 사람 살아가는 양식이 바뀌고 생각과 가치관이 바뀌었기 때문이다. 역마살이라는 것도 마찬가지일 것이다. 농경문화 사회에서는 한 곳에 정착하지 못하고 이리저리 떠돌아다니는 걸 흉으로 여겼다. 사주에 역마살이 있으면 부끄러워하기도 했다. 그런데 지금은 역마살이 있는 사람은 국내나 해외로 많이 움직이는 직업을 가지고 있다. 역마살과 그 직업이 적성에 맞기 때문이다. 외교관, 종합무역상사, 각종 기업의 해외 주재원…… 역마살을 부러워하는 이유다.

연예인들은 도화살이 있어 연예계에 진출해 대중들로부터 많은 인기를 누리고 돈도 남부럽지 않게 벌고 있다. 연예인들은 순수한 창작활동으로 국민들로부터 갈채를 받아야 참된 예술인이다. 헌법에 보장된 정치활동을 하지 말라는 말은 아니다. 폴리페서polifessor, 즉 정치하는 대학교수도 마찬가지지만, 연예인이 정치에 관여하는 모습은 꼴불견이다. 대중문화 속에서 연예인들의 영향력은 크다. 연예인으로서 그들이 누리는 대중의 인기를 등에 업고 자기의 이념이나 사상을 전파하는 행위는 옳지 못한 것 같다.

연예인들은 라디오나 텔레비전 등 방송매체를 통하여 연예활동을 한다. 방송매체란 책, 신문, 잡지와 같은 인쇄 매체와 달리 대중들이 가장 쉽게 접근할 수 있는 매체다. 방송은 다량의 정보를 집중적으로 일시에 전달할 수가 있어 대중에게 미치는 영향력이 크다. 또한 유행과 시청자의 감성에 매우 민감하게 반응을 한다. 방송통신위원회라는 국가 기관이 방송을 허가하고 감독하는 이유도 여기에 있다. 정권이 바뀔 때마다 방송사에 대한 사회적 비난이 난무하고, 방송계가 갈등의 소용돌이 속으로 빠져들고 있다.

우리나라가 경제 선진국이면서 정치 후진국을 벗어나지 못하는 이유가 있다. 정치는 정직하고 국민에게 봉사할 수 있는 정치인이 해야 한다. 다른 직업을 가지고 정치를 하면 문제가 생긴다. 직업을 내놓고 정치를 시작해야 마땅하다. 신부나 스님 같은 종교인은 말할 것 없고, 학문의 세계 속에 있어야 할 대학 교수들이 정치권에 쉽게 뛰어들어 정치를 하고 있다. 도화살이라는 끼가 있어 연예계에 진출했으면 순수한 연예활동만으로 대중문화를 풍요롭게 해야 한다. 종교나 학문, 예술은 아무나 쉽게 접근할 수 없는 전문 분야다. 종교인도 학자도 연예인도 본업과 정치에 양다리를 걸치면 순수한 모습으로 보이지 않는다. 정치 선진국의 길은 멀기만 한 건가?

버들다리

사람이 길을가다 보면 물이나 협곡峽谷 등 장애물이 나타나 우선 멈추게 된다. 가던 길을 계속 가기 위해서는 막힌 장애물을 건너거나 질러갈 수 있는 구조물을 만든 게 인간이 처음 만든 '다리' 였을 것이다. 사람이 걸어가는 길에는 언제나 다리가 나타난다.

새벽길 만보를 걷는 길목이 요즈음은 바뀌었다. 아파트 정문을 나서면 주위는 아직도 어둠 속에 군데군데 가로등 불빛만 졸음에 잠겨 있다. 상큼한 새벽공기가 시원하고 상쾌하다. 느슨한 경사가 진 아파트 단지를 벗어나면 성북천 입구가 나타난다. 개천으로 들어서면 가로등 불빛 아래 맑은 물이 졸졸 소리내며 흘러간다. 물오리 서너 마리가 저희들끼리 지저귀며 어디론가 가고 있다. 산책로는 이른 시간이라 인적이 드물다. 300여 미터쯤 이르니 처음으로 '희망다리'가 나타난다. 오늘 하루의 시작과 희망을 그려보며 걸음을 재촉하고 있다.

개천가의 이름모를 풀잎이 하루가 다르게 커가는 모습이다. 집을 나선지 한 시간이 안된 것 같은데 어슴푸레 며명黎明이 다가온다. 늘벗다리 물빛다리 한빛다리…… 이름도 아름다운 다리 18개를 지나고 보니 저만큼 청계천이 바라 보인다. 성북천 개울물은 어느새 청계천 물과 합류해 커다란 물결을 이루고 다른 방향으로 가고 있다.

나도 가던 길을 청계천 산책로로 바꾸어 걷기 시작한다. 지금은 역사 속으로 사라진 옛날의 청계천 고가도로 교각 하나가 높이 치솟아 있는 게 바라다 보인다. 두 개천이 합류한 물길은 폭이 넓고 훨씬 깊어졌다. 팔뚝만큼 큰 붕어와 잉어 떼가 맑은 물속으로 유유자적悠悠自適 흐느적 거린다. 걸음을 멈추고 잠시 고기떼들 움직이는 걸 보다가 다시 걷는다. 겨루고 다투고 싸워 이겨야만 살아 남을 수 있는 게 인간사회의 적자생존適者生存이다. 물고기 떼들은 맑은 물속 모래 위로 아무것에도 매이지 않고 자유롭고 평안하게 움직이고 있다. 물고기들 움직임이 무척 평화스러워 보인다. 물고기 떼들 살아가는 모습이 어쩌면 인간사회보다 평화롭겠다는 생각을 하며 혼자서 웃는다.

날이 밝아오며 청계천 산책로에도 많은 사람들이 눈에 뜨인다. 맑은내다리 오간수교를 지나니 멀리 버들다리가 가물가물 바라보인다. 새벽운동 목적지에 가까이 왔다는 생각에 안도감으로 피로했던 발길에 새로이 힘이 솟는 것 같다. 노란색 조끼에 모자를 쓴 개천 감시원이 자전거를 타고 지나치며 깃발을 흔든다. 나도 손을 흔들어 같이 인사를 했다. 사람끼리 만나거나 헤어지며 말이나 몸짓으로 서로 간에 예를 표현하는 게 인사다. 인사는 서로가 즐겁고 유쾌한 일이다. 아는 사이가 아니어도 엘리베이터나 길에서 만나는 서양 사람들은 눈이 마주치면 미소를 지으며 인사한다. 버들다리 가까이 도착하니 다리 난간에서 청계천 물 구경하는 사람들이 눈에 뜨인다.

버들다리는 동대문시장과 평화시장이 바로 이어지는 작은 다리다. 청계천 물가에는 아직도 여기저기 작은 버드나무들이 눈에 뜨인다. 버들가지의 껍질로 만든 버들피리 소리는 조용하고 평화롭던 고향을 상징한다. 포근한 봄 햇살아래 들녘에서 아슴푸레 들려오던 버들피리 소리는 애잔한 내 고향 봄의 소리였다. 나뭇가지 축축 늘어진 버드나무가 서 있는 시골 둑방길을 뛰어놀던 어린 시절이 그립다. 버들잎 버들피리는 고향의 평화를 상징한다.

언제부턴가 버들다리에는 이름이 하나 더 생겼다. 버들다리라는 이름 위에 전태일 다리라고 이름이 쓰여져 있는 것이다. 한 다리에 이름이 두 개가 된 까닭은 쉽게 알 수가 있다. 전태일은 군사 독재 시절 평화시장 봉제공장에서 일을 하다가 분신자살한 노동운동가였기 때문이다. 민주화에 기여한 노동운동가의 뜻을 기리고 보전하기 위하여 동상이나 비석을 세우는 건 당연하다. 버들다리에 사람 이름을 올려 두 개의 다리 이름을 만들고 정치냄새를 나게 했다는 게 아쉬운 느낌을 준다. 태평성대太平聖代가 사람 살기 좋은 세상이라면 정치인들은 그런 세상 만들기 위해 필요한 사람들이다. 자기 욕심이나 눈앞의 이익추구에 혈안이 된 사람들이 날뛰는 세상이니 정치는 혐오嫌惡의 대상이 되고 있다.

만보 걷기 목표 달성을 했으니 이제는 귀가할 시간이다. 지하철을 타기 위해 동대문역으로 들어서려는데 자그마한 대리석 표석이 눈에 뜨인다. 늘 지나 다니던 길이었지만 오늘 처음 본 것이다. '전철 차고지' 위치라고 했다. 1899년부터 1963년까지 운행했던 전철은 나도 옛날에 타고 다니지 않았던가. 그 전철은 가고 이제는 땅속으로 들어간 지하철을 타려고 나는 천천히 지하철 계단을 걸어내려가고 있었다.

아무도 없을 때

도道는 우리말로 '길'이란 뜻이다. 사람이 당연히 다녀야 할 '길'로서 "인간이 마땅히 행하여야 할 도리"라는 뜻으로 정리된다. 영국의 극작가이자 시인이었던 대문호 셰익스피어는 많은 명언들을 남겼다. 그리고 지금도 여러 사람들에게 존경을 받는 인물이다. 그런데 셰익스피어가 가장 존경한 사람은 그 친구 집에서 일을 하고 있는 하인이었다고 한다. 셰익스피어가 어느 날 친구집을 방문했는데 친구가 집에 없었다고 한다. 하인은 주인이 곧 오실 거라며 따뜻한 차와 가볍게 읽을 만한 책을 쟁반에 담아왔다. 책까지 준비해준 하인에게 셰익스피어는 감사했고, 그는 다시 부엌으로 들어갔다.

긴 시간이 지나도 친구가 돌아오지 않자 셰익스피어는 하인을 보러 부엌으로 들어갔다. 그리고 눈앞의 광경에 놀라지 않을 수가 없었다. 하인은 아무도 없는 부엌에서 양탄자를 뒤집어 그 밑을 청소하고 있었다. 양탄자 밑은 들추지 않는 이상 더러움이 보이지 않는다. 보이지 않으니 청소할 필요가 없는 곳이다. 주인이나 동료들 아무도 없고 보는 사람이 없었지만 그 하인은 자신의 일을 묵묵히 하고 있었던 것이다. 셰익스피어는 너무나 큰 감동을 받았다. 그 후로 셰익스피어는 성공의 비결과 영향을 받은 사람이 누구냐는 질문을 받을 때마다 그 하인을 이야기했다고 한다.

"혼자 있을 때도 누가 지켜볼 때와 같이 아무런 변화가 없는 사람, 바로 그 사람이 어떤 일을 하든 성공할 수 있는 사람이자 내가 존경하는 사람"이라고 셰익스피어는 결론을 지었다.

사서삼경 『중용中庸』에 이런 이야기가 나온다. "남들이 보지 않는 곳에서 삼가고, 들리지 않는 곳에서 스스로 두려워한다(戒愼乎其所不睹 恐懼乎其所不聞)." 남들이 모두 지켜보는 가운데 눈에 보이는 일을 하기란 쉽다. 또한 남들이 다 들을 수 있는 곳에서는 착하고 호의적인 말을 하기란 어렵지 않다. 평범한 인간은 남들이 보지 않고, 다른 사람들이 들을 수 없는 곳에서 스스로 언행을 조심하기란 쉽지 않은 게 사실이다.

운동을 하러 어두운 새벽길을 걸으며 더러 보기 민망한 장면을 맞게 된다. 새벽 장을 보러 가던 아낙네가 가던 길을 멈추고 그 자리에 앉아 방뇨를 하고 있다. 인기척을 내면 상대방이 놀라고 당황할 것 같아 그 자리를 피하게 마련이다. 많이 배우지 못하고 순박한 촌부가 어둠 속에서 취한 본능적인 행동이다. 보이지 않는 곳에서 조심하고 들리지 않는 곳에서 두려워해야 한다는 도를 알았을 리가 없다. 그러나 남 부러워하는 학벌에 모두가 우러러보는 고위직 권력자는 한밤중에 여고생을 상대로 성추행을 했다. 성격장애나 음주 탓으로 변명은 했지만 사회적으로 커다란 물의를 일으켰다. 도를 알고 솔선수범해야 할 사람이 오히려 비뚤어진 길을 걸어간 것이다.

동서양을 막론하고 인간이 추구하는 진리는 하나라는 생각이 늘 마음속에 머문다. 셰익스피어가 말한 친구집 하인의 살아가는 모습은 무엇을 의미하는 것일까. 보는 이가 없어도 자신을 경계하고 삼가는 '삶의 자세'를 보여준 것이었다. 2500년 전 동양의 성현 공자는 "보이지 않는 곳에서 조심하고, 들리지 않는 곳에서 두려워하라"는 이야기를 했다. 혼자 있을 때 언행을 올바로 가진다는 것은 참으로 어려운 일이다. 개인 수양의 최고 단계며 정신개혁의 정점을 말하는 것이다. 자기 수양을 위한 구도자의 길이요, 정신개혁을 위한 철학의 길이었다. 남이 보지 않는 곳에서 하는 말이나 행동이라 해도 하늘이 알고 땅이 알고 나 스스로가 아는 일 아닌가.

자기 수양이나 정신개혁은 결국 자기 스스로가 자신을 이길 수 있을 때 가능할 것이다. 극기克己의 길이요, 해탈의 경지가 아닐는지. 이 세상 인간은 모두가 자기수양과 정신개혁의 대상이다. 인간이 자기 자신을 이기기란 쉬운 일이 아니다. 자기 자신이 잘 나갈 때면 어려움을 모르고, 자신의 처지가 어렵고 곤궁한 처지가 되어 자신을 이겨보려 하는 게 평범한 인간이기도 하다. 애국열사 안중근 의사 삶의 자세가 너무도 위대 했었다. 안 의사는 사형 직전 마지막 소원을 묻는 질문에 "읽던 책 가운데 아직 못 읽은 부분이 있으니 5분만 기다려 달라"고 했다고 한다. "남이 안 보는 데서도 스스로 언행을 삼가라"는 유묵遺墨을 남기고 사형이 집행 되었다고 한다. 큰 뜻을 품었던 애국열사가 생전에 마지막 남기신 글씨다. "戒

愼乎其所不睹계신호기소불도" 혼자 있을 때도 몸가짐이나 언행을 조심하라는 말씀이 긴 여운을 남긴다.

유교는 종교인가

종교란 무엇일까? 인간 생활의 고뇌를 해결하고 삶의 궁극적 의미를 추구하기 위하여, 초자연적인 절대자의 힘에 의존하려는 문화 체계를 우리는 종교라고 한다. 자연계의 동식물이나 모든 사물을 숭배하는 원시신앙(토테미즘, 애니미즘)으로부터, 그리스도교, 불교, 도교, 이슬람교 등과 같은 세계적인 여러 형태의 종교가 있다. 우리 인간에게 삶과 죽음의 문제만큼 심각한 건 없을 것이다. 사람이 살다가 죽은 후에는 어떻게 되는 것일까? 내세니 저승이니 하는 사후세계死後世界는 과연 있는 것일까? 인생의 황혼에 접어든 사람이라면 누구나 죽음이라는 문제를 생각해보지 않은 이가 없을 것이다. 인간에게 죽음이 없었더라면 종교는 생겨나지 않았을지도 모른다.

종교가 있든 없든, 사람은 누구나 사생관死生觀을 갖기 마련이다. 사람들이 유교가 종교인지 아닌지를 가지고 논란을 벌이는 경우를 우리는 가끔 보게 된다. 유교가 종교인가 비종교인가 하는 문제는 실상 속단하기 어렵다. 『논어』에 "공자께서는 괴력난신怪力亂神을 말씀하지 않으셨다"는 구절이 나온다. 공자께서는 죽음에 대하여 묻는 한 제자에게 "삶도 모르면서 왜 죽음을 말하느냐"고 대답하셨다. 유교의 정신으로선 내세를 부인할 뿐 아니라 예수의 부활, 극락왕생, 모세의 지팡이 같은 기적이나 신화를 인정하지 않는다. 기적도 계시도 신화도 그리고 내세도 부정하고 있는 점에서 유교는 비종교적이다. 그렇다면 유교는 끝내 비종교일까?

불교의 사찰이나 예수교의 성당·교회같이 유교도 향교서원 같은 교단敎團을 가지고 있다. 불교도가 석가를 받들 듯, 기독교가 예수를 받들 듯, 유교도도 이 교단을 중심으로 공자를 받들고 있다. 그리고 거기엔 여러 가지 종교적인 의식, 제도, 풍습들을 불교나 예수교와 마찬가지로 꼭같이 가지고 있다. 팔만대장경이나 신구약성서와 같은 위치인 사서오경 이라는 경전을 가지고 있으며, 그것을 대하는 교도들의 태도도 불교, 예수교와 마찬가지다. 교단이나 경전 같은 형식들은 그 종교의 근본정신을 위해서 있다. 그것은 석가의 '자비'와 예수의 '박애'에 대하여 공자의 '인仁'이다. 이러한 점에서 유교는 일단 불교, 예수교와 같은 대열에 선다. 그러나 불교에서 보는 바와 같은 내세관을 갖지 않고 예수교에서와 같은 신을 인정하지 않는 데서 유교의 종교성은 또 한번 회의에 부딪힌다.

우리는 성선설을 기초로 한 유교의 근본사상을 생각해볼 필요가 있다. 천명天命 사상에서 사람은 근본적으로 착한 기질을 지니고 세상에 태어난다고 했다. 따라서 인간은 '모든 것이 내게 갖추어져 있다'고 선언함으로써 나 아닌 다른 존재를 인정하려 하지 않았다. 다시 말하면 유교의 인간은 자신 안에 신의 손길(즉, 천명)을 이미 간직하고 있다는 것이다. 인간은 스스로에 의한 스스로의 구원이 가능한 존재이기 때문에 새삼스러이 신에게 구원을 애걸하고 의탁할 필요를 느끼지 않는다. 인간이란 선이라는 최고의 가치를 지니고 대지 위에 우뚝 선 만물의 영장이다. 자기가 타고난 생生을 스스로 실현하고 성취함으로써 인생의 진정한 의미와 만족을 찾으려 한다.

유교에서 '천명'은 원래 우주의 질서와 조화를 명한 주역에서 시작되었다. 원시 유교로부터 하늘(天)은 원래 철학적이라기보다는 종교적인 직관에 의해 파악되고 있다. 신이 아닌 신(天)에 대하여 애걸과 의탁의 의미가 아닌 "자세의 기도(姿勢祈禱)"가 올려지고 신앙이 수행되었다. 이 점에서 신 없는 종교로서의 유교가 가진 종교정신의 중요한 일면을 파악해야할 것 같다. 유교는 휴머니즘이다. 그것은 인본주의요, 인도주의요, 인문주의다. 현대인들은 허탈감에 방황하고, 타락과 방종, 생에 대한 끝없는 회의와 환멸 속에 살아가고 있다. 인간성이 상실된 시대에 살고 있다.

성선사상에 따라 인간의 의지만으로 인仁을 베풀며 휴머니즘을 실현하려는 것이 유교사상이다. 유교는 사실 종교라고 해도 그만이요, 종교가 아니라 해도 어쩔 수가 없다. 종교라 해서 유교사상의 가치가 증대되는 것도 아니다. 그러나 유교의 "천인합일天人合一" 정신은 그것이 종교 정신이 아니고는 달리 설명할 길이 없다. 때문에 유교는 역시 모든 사물을 숭배하는 원시신앙으로부터 그리스도교, 불교, 도교, 이슬람교 등과 같은 세계적인 여러 형태의 종교로 볼 수도 있을 것이다.

잃어버린 고향

새해 달력을 보니 설날도 얼마 남지 않은 것 같다. 명절과 고향은 떼려야 뗄 수 없는 인연이 있다. 우리는 고향이란 말만 들어도 포근하고 다정한 느낌을 받는다. 고향은 그리움과 안타까운 정감이 일어나는 곳이다. 사람으로 태어나서 자라고 살아온 고향은 누구에나 있게 마련이다. 고향은 늘 우리들을 향수에 젖게 한다.

한국 전쟁을 전후하여 북한에서는 많은 주민들이 남한 땅으로 피난을 왔다. 전쟁이 멎은 후 고향으로 갈 줄 알았던 그들은 반세기가 지나도록 긴 세월을 실향민으로 살고 있다. 갈 수 없는 고향을 그리며 휴전선 가까이 망배단望拜壇을 차리고 절하는 모습을 명절 때마다 본다. 안타깝고 측은한 모습이 아닐 수 없다.

그런데 우리는 정든 고향땅을 갈 수 없는 실향민 말고도 또다른 실향민을 맞는 세상을 살아가는 것 같다. 언제부턴가 나의 고향이 사라져버린 것 같은 느낌을 가질 때가 있다.

초가지붕 위에는 박넝쿨, 호박넝쿨이 올라가 주렁주렁 매달려 있었다. 지붕 처마 밑에는 삼월 삼짇날이면 작년에 떠났던 제비가 찾아와 집을 짓고 새끼를 치며 살았다. 가을걷이가 끝날 즈음이면 제비들은 새해를 약속하며 먼 남쪽 나라로 떠나갔다.

마당가에 복숭아꽃, 살구꽃이 화사하게 핀 날 음달말 길 둑 위로 극정이 메고 소를 몰던 농부의 모습은 지금 생각하면 한 폭의 그림이었다. 우리 집 안산 밭둑에는 나물 캐는 여인네들이 군데군데 눈에 띄었었다. 어린 시절 동구 밖 먼 들녘에 있던 상엿집은 늘 무서운 생각이 들어 가까이 가기 꺼려지던 곳이다. 동네 입구 물길이 휘어지던 도랑에는 말처럼 생긴 커다란 검은 바위가 있었다. 우리 동네 수호신 아닐까 늘 혼자 생각했던 거북 바위였다.

이른 봄부터 시작되는 벼농사는 일 년 동안 농가의 가장 커다란 사업이었던 것 같다. 농부들이 물 그득한 논에서 모내기하며 부르던 농가農歌 소리는 언제 들어도 구성지고 처량한 느낌을 주었다. 한 여름이 가고 벼이삭이 누렇게 익으면 동네 골짜기에는 황금물결이 일었다. 벼 베기가 시작되고 소 시태바리로 볏단을 날라 바깥마당에 산더미처럼 쌓아올리는 광경을 보며 철없던 소년은 덩달아 신바람이 났었다.

설이나 추석 명절이 되면 고향을 찾는 사람들 행렬이 끝없이 이어지는 모습을 볼 수 있다. 장엄하게 느껴지는 귀성 행렬은 고향을 찾아가는 사람들 모습이었다. 고향길이 차에 막혀 많은 시간이 걸려도 찾아갈 고향이 있는 이들은 행복한 사람이다. 반겨줄 사람 없어 이방인 신세가 된 사람이 많아지는 시대가 되고 있는 것 같다.

고향을 휴전선 북쪽에 두고온 사람만 실향민이 아니다. 고향 잃은 실향민은 또 있는 것 같다. 내 마음속 깊이 간직한, 그립고 정다운 고향을 잃어버린 사람들이 늘어나고 있다. 추억 있는 마을도 정다웠던 사람도 모두가 떠나버린 고향땅은 허전하기만 하다. 세상에 태어나 한때 살아온 고장이고, 조상의 무덤이 있는 땅일 뿐이다.

찾아가 반겨줄 사람 없고 마음 줄 곳 없는 사람은 새로 태어나는 실향민 같다. 옛날 고향의 아름답던 모습은 이제 모두 추억 속으로 사라져가고 있다. 초가지붕 제비집 볏가리가 사라지고, 복숭아꽃·살구꽃이 보이지 않는 내 고향이다. 아기 울음소리가 들리지 않는 우리 고향, 논에서 울어대던 개구리 합창 소리마저 들을 수가 없다. 벼이삭 고개 숙인 들녘에서 동무들과 메뚜기 잡으려 논둑을 뛰어다니던 어린 시절 추억이 너무도 그립다. 아름답던 고향을 잃어버린 '신新실향민'이 된 것 같다.

경제개발과 성장이 생활의 편익을 가져온 것은 사실이다. 그러나 아름답던 마음속 고향의 정서는 모두 사라지는 게 마음 아프다. 수구초심首丘初心이라고 했던가. 여우라는 동물도 죽을 때는 제가 태어난 굴을 향하고 죽는다 했다. 귀소 본능은 인간뿐 아니라 많은 동물들이 자기 고향을 찾고 싶어 하는 굳은 의지의 표현인 것 같다. 만물의 영장인 사람이 어떻게 정든 고향을 잊을 수 있겠는가. 정겹고 아름답던 고향이 사라지고 새로운 실향민이 된다는 건 우리를 슬프게 한다.

숨겨준다는 것은

중국 춘추전국시대 어느 마을에 직궁直躬이라는 사람이 있었다. 마음이 바르고 곧아 자기 아버지가 남의 집 양을 훔친 사실을 당국에 고발하였다. 이야기를 들은 공자는 말씀하셨다. '자식은 어버이를 숨겨주고 부모는 자식을 감추어 주는 게 곧고 정직한 이치'라고. 인간관계에서 가장 중요한 것이 부모와 자식 관계이니, 그것이 원만하면 행복의 근원이 된다고 했다. 부모와 자식이 서로 숨겨줌은 하늘의 이치이고 인정의 극치이며, 정직하기를 구하지 않아도 곧고 정직함이 그 가운데 있다고 하는 것이다. 이 고사古事는 정직함이란 '사실을 사실대로 말하는 것이 아니라 본 마음을 왜곡됨이 없이 표현'하는 것임을 의미한다.

주말 오후 모처럼 서점을 둘러보려고 집을 나섰다. 교보문고를 경유하는 버스를 탔으나 차가 평상시와 다른 방향으로 간다. 왜 정해진 노선으로 가지 않느냐고 승객들이 항의하니 기사는 광화문 일대에 군중집회가 있어 통행이 불가능하다고 한다. 그러고 보니 주말에 서울 도심에서 대규모 군중집회가 있을 것이라는 매스컴 보도가 생각난다. 책방 가던 길을 포기하고 집으로 와 TV를 틀어보니 몇 군데 방송국에서 시위 현장을 생중계하고 있었다. 그동안 뉴스에서 본 시위 현장은 편집방송 탓인지 오늘처럼 폭력이나 잔혹성이 심각하지 않았었다. 쇠파이프로 경찰버스 유리창을 부수고, 각목을 휘두르며 철제 사다리를 버스지붕 위에 있는 전경들에게 던진다. 전쟁터가 따로 없는 것 같다. 경찰의 방어무기는 방패와 물대포가 전부인 것 같았다.

데모 군중 때문에 일반 시민들이 생활의 불편을 겪는 건 이제 만성화 되었다. 그런데도 데모하는 사람들이나 진압하는 경찰들 사이에는 자기들끼리만 옥신각신한다. 폭력시위다, 과잉진압이다 하는 양비론은 정치꾼들이 더 열을 올린다. 체포영장이 발부되어 지명수배중인 노동조합 위원장은 데모를 선동 지휘하고 유유히 사라졌다. 현행범을 바라만 보고 잡지 못하는 경찰이 민망하다. 나라의 공권력이라는 게 있는지 없는지 한심하다. 진정한 법치국가라면 도저히 있을 수 없는 일이다. 범죄인 의혹을 받는 노조위원장은 종교시설로 도피하여 다음번 시위계획을 세운다고 하니 아연실색啞然失色이다. 자비와 사랑을 베푼다는 종교단체는 범인까지 숨겨주어야 하는가. 갑자기 머리가 어수선해지는 느낌이다.

대학교 1학년 때 법학개론 시간에 교수님 하시던 이야기가 생각난다. “국가 전복이나 내란죄가 아니면 살인죄를 저지른 자식을 숨겨준 부모는 무죄”라는 말씀. 부모가 자식을 감싸고 자식이 어버이를 보호하려는 건 본능적 애정이다. 자식이 비록 법을 위반한 죄인이라 해도 아버지의 본마음이 자식을 숨겨주는 쪽으로 작용하게 되는 것은 인간의 순수한 마음상태다. 사실을 사실대로 말하지 않으면 법 질서가 흐트러져 사회질서가 무너진다고 생각할 수도 있다. 그러나 인간의 본마음은 남과 조화를 이루는 마음이므로 결코 사회를 혼란시키는 방향으로 나타나지 않는다. 사람의 잘못을 감추어준다는 행동 그 자체는 옳지 못하나, 부자 사이의 잘못을 서로 숨겨준다는 것은 인정에서 하는 일이요, 그것이 정직한 행위는 아닐지라도 정직의 근본이치가 그 속에 있다고 보았다.

죄를 지은 부모와 자식 사이에 서로를 숨겨주고 감싸주는 일은 당연한 것이다. 자비와 사랑을 베푸는 종교단체가 노동운동하는 정치범을 숨겨주는 것도 마땅한 일일 듯싶다. 그러나 도둑질이나 살인죄를 저지른 부모나 자식이 서로를 숨겨주는 건 인정이요, 천륜天倫이다. 쫓기는 처지의 시국사범을 사찰에서 보호해준다는 건 인정이나 천륜과는 관계가 없다. 자유와 평등, 평화는 인간이 추구하는 최고의 가치다. 구호를 내세우고 시위를 하며 자기주장을 외친다는 건 자유다. 인간사회에서 누구나 권력 명예나 재물을 골고루 가지기란 불가능하다. 그러나 모든 걸 고루고루 가지고 싶어 하는 게 평등에 대한 욕구다. 덜 가진 사람이 더 가지려하는 욕구 때문에 세상이 시끄럽다.

만백성이 시끄럽지 않고 평온하게 하루하루를 살아가는 태평성대가 현대 사회에서는 불가능한 것일까?

스포츠 영웅들

초안산 근린공원은 오늘도 눈부신 초록색으로 물들어 있다. 오늘따라 미세먼지도 없고 무척 쾌청한 날씨다. 도봉산 만장봉이 저만치 또렷하게 눈앞에 다가온다. 일찍 테니스 코트에 나온 회원들 모습이 무척 밝아 보이는 휴일 아침이다. 코트 안에서는 먼저 나온 동호인들이 게임을 하느라 분주하게 오가는 모습이 보인다. 게임을 쉬고 있던 한 회원이 스마트폰을 열고 스포츠 중계를 보고 있다. 미국 프로야구 메이저리그 경기다. LA 다저스 류현진 선수가 출전하는 경기로 그가 금년 들어 7승째 도전하는 큰 경기다.

테니스 코트 안에 있는 모든 사람들이 자신들의 테니스 게임보다는 미국 프로야구 경기에 더 심취해 있는 모습들이다. 류현진 선수가 던지는 강속구에 상대방 타자 방망이가 허공을 가르고 삼진아웃된다. 통쾌한 장면이 나올 때마다 모두가 환호성을 지르며 박수를 친다.

프로야구 메이저리그는 미국 내에서 선풍적인 인기를 누리는 스포츠 종목이다. 대통령 이름은 몰라도 메이저리그 스타플레이어의 이름은 알 정도로 인기가 있는 스포츠다. 류현진 선수는 그런 메이저리그에서, 힘 있고 덩치가 큰 미국 선수들 틈에 끼어, 조금도 위축되지 않고 당당한 모습이다. 늠름하고 힘차게 경기를 치르는 보기 드문 동양 선수다. 관중들 환호 속에 가끔 미소를 지으며 의젓하게 서 있는 청년이 대한민국 사람이라는 사실이 내 가슴을 후련하게 한다. 그가 우리나라 사람인 걸 생각하는 순간 자부심마저 이는 것이다.

한 젊은이가 해외에서 국위를 선양하며 잠시나마 국민들을 즐겁게 해 주는 동안 나라 안 사정은 어떠한가. 정치인들은 악다구니처럼 싸움만 하고, 경제 사정은 하루가 다르게 모두 후퇴하는 불경기 시대다. 화재를 비롯한 각종 사고가 그치지 않고 있다. 사기, 폭력, 허위와 비리가 난무하는 사회 현상은 매일 매스컴을 달구고 있다. 모든 게 너무 어지럽고 짜증나게 하는 세상이다. 그러나 스포츠 분야에서는 젊은이들이 종종 기쁜 소식을 전해준다. 국민들을 즐겁게 해 주는 스포츠인들은 애국자다.

가끔이지만 여가를 즐기려고 TV를 시청할 때도 스포츠 채널을 찾는 사람들이 많다. 유럽 프로 축구에서 선풍을 일으키고 있는 손흥민 선수도 역시 국민들에게 기쁨을 선사하는 청년이다. 그의 빠른 스피드, 유연한 몸동작, 현란한 발재간, 정교한 패스…… 예측할 수 없는 순간에 슛을 하면 볼은 골문으로 빨려들어가 망을 흔든다. 골 넣은 선수의 골 뒤풀이, 선수들의 포효, 축구장을 흥분과 환호의 도가니로 만든다.

지구상의 모든 나라에서 우수한 선수가 모여드는 유럽 프로 축구 무대는 마치 인종 전시장을 방불케 한다. 그 가운데 동양사람 한 젊은이가 우뚝 서 있다. 준수하게 생긴 대한민국 한 청년이 멋진 골을 넣고 포효하는 장면을 보게 된다. "삼 년 묵은 체증이 내려간다"는 속담이 생각나는 순간이기도 하다.

우리는 가난하고 어렵게 살던 시절 농촌에서 태어났다. 놀이 문화라는 게 아무것도 없던 시골에서 축구를 하고 싶어도 공이 없어 못하던 때다. 동네에서 큰 일이 있는 날은 돼지를 도축하여 잔치를 했었다. 어른들에게 졸라 돼지 내장에서 나온 오줌보를 얻었다. 오줌보에 바람을 넣어 그 것으로 볼을 삼아 공을 차던 추억이 긴 세월이 지난 지금도 잊을 수가 없다. 돼지 오줌보 공으로 축구를 해보던 농촌 소년 세대들이 2002년 월드컵 경기를 국내에서 보았다. 4강 신화에 환호하던 시절이 엊그제 같다.

우리나라는 동족상잔의 전쟁이 끝나고 폐허에서 기적을 이루었다. 세계 10위권을 넘나드는 경제 대국이 되었고 물질적 풍요를 누리며 살고 있다. 선진국들이 200년 300년 걸린 산업화 민주화도 반세기도 안 되는 짧은 기간에 이루어낸 기적이었다. 우리 스스로는 물론이고 세계인들을 놀라게 한 쾌거였다. 1988년 서울 올림픽, 2002년 월드컵 얼마나 우리를 흥분케 했던가. 세계 사람들이 우리를 칭찬했고 국민 모두가 우쭐해 선진국을 꿈꾸었다.

아직도 우리는 선진국 문턱에서 방황하고 있는 것 같다. 물질적으로 풍요로우면 모든 게 잘될 것으로 착각을 한 건 아닌지. 경제적 규모는 세계 상위권이면서 국민 행복지수는 그렇지 못하다. 사람은 물론이고 국가도 품격이 있어야 선진국이 될 수 있다. 스포츠 분야는 품격 있는 선진국 수준을 따라가고 있는 것 같다. 우리의 스포츠 영웅들은 본인들 영광은 물론이고 선진국을 향한 국위 선양에 이바지하고 있다.

향교의 밤

중학교 때 소풍을 간 적이 있는 문의면 오가리 강이 있었다. 강 상류에서 물고기를 쫓아다니고 돌멩이를 들추며 가재를 잡던, 맑은 물 흐르는 아름다운 강이었다. 강 위쪽 산중턱에는 현암사라는 아담한 절이 그림처럼 자리 잡고 있었다. 푸른솔 문학회가 문의향교에 둥지를 내릴 무렵 오가리 강은 수몰되어 대청댐 속으로 들어가고 보이지를 않았다. 광활한 땜 물결을 바라보며 현암사는 예전처럼 그 자리에 있다. 문학회 회원들이 자주 드나드는 이곳 문의향교는 이제는 우리와 뗄 수 없는 깊은 인연이 되었다. 복잡한 도심을 훌쩍 떠나 이곳 향교에 도착하면 정신까지 맑아지는 듯한 느낌이다.

유서 깊은 문의향교에 문학회의 보금자리가 마련된 지도 벌써 오랜 세월이 지났다. 송강 문학제 꽃동산 가꾸기를 비롯하여 문우들이 하고 있는 행사가 적지 않다. 금년 여섯 번째 맞은 '향교의 밤'은 그 의미가 특별한 것 같다. 향교의 주체인 유림들과 문학회의 문우들, 그리고 주민들이 함께 어울리는 축제의 마당이었다. 지루한 장마와 폭우 피해에도 향교마당 잔디는 깨끗하고 아름답게 자라 있다. 여류 문인들이 앞장서 마련한 음식들은 조촐했지만 맛이 너무 좋았다. 시 낭송, 수필 낭송, 모두가 함께 부르는 합창과, 원철 스님의 색소폰 연주와 노래가 축제의 백미白眉였던 것 같다.

향교는 고려 조선조시대의 지방 교육기관이었다. 전국 각지에 설치하였던 지방의 관학官學으로, 지방의 민풍民風과 예속禮俗을 순화하고 인재를 양성할 목적으로 설립된 기관이었다. 뿐만 아니라 향교는 제향祭享과 교육의 기능을 가지고 있었다. 문의향교는 유구한 역사와 전통을 가지고 있는 유서 깊은 곳이다. 고려 고종 46년인 서기 1259년 문의현 서방 양성산 아래 교궁을 설립한 게 문의향교의 시초였다고 한다. 조선조 광해군1년(1609) 문의현 남방 기산리로 이전을 하였고, 서기1888년 문의현과 청주목이 합병되는 바람에 일시 폐지되었다가 고종 30년인 서기1893년에 현 위치에 재건하여 오늘에 이르고 있다.

향교에서 제사를 올리는 배향 인물은 공자, 맹자 등 5성(伍聖), 공자의 제자 10인(孔門十哲), 중국 송나라 유학자 6인(宋朝六賢)과 설총, 최치원, 정몽주, 이황, 이이, 송시열 등 우리나라 유학자 18명(東國十八賢)으로 총 39위位를 배치하고 있다. 전국 234개 향교의 규모나 역사에 따라 그 수자는 향교마다 다르다.

문학이라는 예술은 인간의 정서나 사상을 상상의 힘을 빌려 문자로 표현하는 것이다. 사람 살아가는 이야기나 사람들 생각이 문자화되는 과정이 문학이다. 더구나 수필은 개인의 삶을 의미화하는 문학이 아니겠는가. 사람이 세상을 살아간다는 게 무엇일까. 구체적인 삶의 내용이라면 한 개인이 보고 듣고 말하고 생각하며 행동하는 것을 의미할 것이다. 무엇을 보고 듣고, 어떤 말을 하고, 무슨 생각을 하며, 어떻게 행동하는 가가 그 사람이 세상을 살아가는 과정이다. 사랑과 이별, 탄생과 죽음…… 문학은 인간의 삶을 다루는 인생학이요 철학이다.

향교에서 모시는 배향 인물은 공자 맹자를 비롯한 인류의 성현과, 퇴계 율곡은 우리의 역사에서 후세에 커다란 업적을 남긴 학자요, 철학자다. 향교와 문학이 이어질 수가 있는 가교架橋는 인간과 철학일 것이다. 공자는 평생 배우고 가르치는 공부를 삶의 목표로 삼았던 성현이다. 학문이 먼저 내 자신의 기쁨이 되고, 남을 즐겁게 해야 한다는 가르침을 주신 분이다. 인류 문명에 커다란 영향을 끼친 성현들과 우리의 문화를 꽃피운 현인들 제사를 지내는 경건한 장소에 문학의 공간이 마련되고 기틀을 잡아가고 있다.

인간이 다른 동물과 다른 점은 배우고 가르쳐서 삶의 질서를 유지할 수 있는 능력이 있다는 것이다. 향교의 유림이나 문학도들이나 인생과 삶의 의미를 찾아 고민하는 철학의 길을 가는 건 마찬가지다. 향교와 문학이 순탄하게 접목된 지금 '향교의 밤' 행사는 더욱 뜻이 깊었다는 생각이 든다. 문학도들이 향교 행사에 적극 참여하고 향교를 가꾸는 데 일익을 담담해야 한다. 전통적으로 향교나 유림은 너무 보수적이고 고루하다는 이야기를 들어온 게 사실이다. 그러나 전국 234개 향교 가운데 문의향교는 푸른솔 문학회와 함께 하면서 새로운 변화의 조짐을 보이고 있는 것 같아 기쁘다.

향교는 어느 곳보다 경건하고 숙연한 공간이다. 옛 성현들 가르침과 삶의 발자취를 더듬어보는 성스러운 장소다. 문학의 길을 걷는 문우들에게 이곳은 사색을 하고 인생을 관조하며 글을 쓸 수 있는 또 하나의 고향이 될 것이다.

설 명절

어린 시절 설날 추억이 아련하게 떠오른다.

설날은 추석과 더불어 우리 민족의 가장 큰 명절이다. 큰아들네가 제사를 모시기 시작한 지도 벌써 여러 해가 지났다. 그래서 그런지 요즈음 설 명절은 유난히 쓸쓸한 기분이 든다. 전 같으면 설 전날부터 제수 준비하느라 집 안팎이 늘 분주하고 떠들썩했지만 요즈음은 다르다. 설 전날인데 아내까지 큰아들네 집으로 가니 집안이 고요하고 적막감이 감돈다.

어린 시절 보았던 우리 집 설 준비는 2~3일 전부터 시작되는 것 같았다. 어머니 일손을 돕던 집안 아주머니들이 아침 일찍 대문으로 들어서면 집안은 서서히 설 분위기가 익어갔다. 청소를 하고 놋그릇 제기들을 대문간 뜰에 내다놓는다. 짚수세미에 재를 발라 문질러 닦아놓으면 촛대, 향로, 술잔 등 반짝반짝 빛나는 제기祭器들이 참 멋있었다. 안마당에는 솥을 걸어놓고 불을 때며 솥뚜껑에 전을 부친다. 집안에 풍기던 구수한 냄새가 지금도 코에 와 닿는 것 같다. 마당가 한 편에서는 아저씨들 떡메 치는 신명 바람에 집안이 웃음바다가 되는 것 같았다.

설날 아침이면 안방에 제사상이 놓이고 푸짐한 제수 음식이 차려진다.방과 마루에는 어른들이 계시고, 어린아이들은 자리가 모자라 마당에 멍석자리를 깔고 제사에 참석을 했다. 어린이들은 옆 사람을 툭툭 건드리고 꼬집으며 장난을 하다가 어른들 불호령을 들었다. 철없던 그 시절을 생각하며 나는 지금도 가끔 혼자서 웃는다. 설날부터 며칠 동안은 할아버지 · 할머니께 세배 오는 손님들이 끊이지 않았었다. 손님 접대 음식을 준비하느라 쉴 틈도 없이 고생하시던 어머니가 지금도 가련한 모습으로 떠오른다.

서양 사람들에게는 "크리스마스 계절Yuletide"이라는 게 있다. 성탄절을 전후하여 10여 일 이상 서로를 초대하여 축제를 열고 새해를 축복하며 즐거운 행사를 치르는 것이다.

우리는 설날부터 대보름날까지 명절의 연속이었다. 밤이 이슥하도록 음달말 외딴집에서 윷놀이하며 신명나 부르는 함성이 우리 집에까지 들렸다. 우리들 놀이터였던 '비석날'에서 띄우는 연은 동네를 가로질러 안산마루에서 나부꼈다. 우리들은 얼음판에서 팽이치기를 했다. 팽이치기 솜씨가 서툴러 속상하고 창피했던 기억도 잊히지 않는다. 동네 고샅 넓은 마당에서는 치마저고리 입은 동네 아낙네들 널뛰기가 한창이었다. 높이 치솟으며 깔깔대는 여인들 웃음소리는 그치지를 않았다.

설 쇠고 이어지는 명절 축제는 정월 대보름날까지 계속되었다. 어른들은 대보름 전날은 잡곡밥 아홉 그릇을 먹고 나무 아홉 짐을 한다는 풍속 설화를 들려주셨다. 대보름날 밤 쥐불놀이는 어린 애들에게는 너무도 신바람 나는 행사였다. 보름날 저녁 윗동네에서 논둑과 큰 둑을 태우며 내려오는 불길은 불꽃잔치 같기만 했다. 빈 깡통에 불을 피워 넣고 끈을 매어 흔들며 집을 나선다. "정월 대보름이여!" 소리치며 달 밝은 동네 길을 달리던 추억이 아련하기만 하다.

설날부터 대보름날 사이에 축제의 절정은 줄다리기 행사였다. 대보름날 밤 동네 사람들은 편을 갈라 줄다리기 행사를 했다. 단단한 동아줄을 양 편에서 잡고 "영차, 영차" 하며 당긴다. 가운데 중심선에서 힘이 센 쪽으로 사람들이 밀리면 승부가 결정된다.

아들네 집에서 보낸 설 차례에도 자손들이 옛날보다 줄어들었다. 제사가 끝나면 아들네들은 처갓집 찾아갈 준비에 바쁘고, 떡국만 먹고 모두가 헤어진다. 대도시에서 연날리기, 쥐불놀이란 볼 수 없다. 고향 농촌을 찾아가보아도 옛날의 아름답던 우리의 민속놀이가 모두 사라져 안타까운 심정이다.

자취가 모두 사라진 우리의 전통 민속은 이제 정부가 관리하는 문화유산으로만 명맥을 유지하는 것 같다. 세월이 가고 사람 살아가는 양식이 모두 바뀌었다. 뿐만 아니라 현대인들은 의식구조가 옛날 같지 않으니 놀이문화 자체도 바뀌고 있는 것 같다.

소나무

소나무는 나에게 그리움의 상징이다. 산행이나 여행을 하다가 멋진 소나무를 보면 그렇게 기쁠 수가 없다. 어린 시절 고향 땅에서 고개 들어 산과 마주하면 가장 먼저 눈에 띄는 나무가 소나무였다. 시골 동네 친구네 집을 찾아갔을 때 삽작문에는 새끼로 꼰 금줄이 쳐져 있었고 집안에 들어가면 안 된다는 어른들 말씀을 들었다. 새 생명의 탄생을 알리는 금줄에는 소나무 가지가 끼어 있었다. 소나무는 너무나 많은 추억을 간직한 잊을 수 없는 나무다. 걸어서 십 리길 넘는 초등학교를 다니던 야산 소로 길 양편에는 내 키보다 큰 소나무 숲이 이어지고 있었다.

어린 시절 뒷동산 커다란 노송나무 밑은 우리들의 놀이터였다. 휘영청 둥근 보름달이 소나무 가지에 걸려 있는 가을 밤, 첫사랑 여인과 밤이 이슥하도록 손을 잡고 밀어를 나누었다. 헤어지기 싫었지만 어른들 꾸중이 걱정되어 집으로 돌아가야만 했던 아쉬워하던 기억은 지금도 잊혀지지 않는다. 첫사랑의 추억은 노송나무 가지에 걸렸던 둥근 보름달과 함께 영원히 지울 수 없는 내 청춘의 역사다. 오랜 객지 생활 끝에 찾아간 고향의 뒷동산은 옛날의 그 모습이 아니었다. 그림 같던 노송은 보이지 않고 비닐하우스가 그 자리를 차지하고 있었다. 서운하고 아쉬운 마음에 한숨만 쉴 수밖에 없는 현실이 나를 슬프게 했다.

농촌의 역사는 소나무와 더불어 이어져 왔는지도 모른다. 지금은 첫사랑도 늙은 소나무도 모두 가고 보이지 않는다. 그러나 때가 되면 둥근 보름달은 어김없이 찾아와 서글픈 추억을 불러온다. 비닐하우스를 비추는 보름달이 옛날처럼 정겹지 않아 아쉽기만 하다. 뒷동산 노송나무 아래서 바라보던 동네 초가지붕들도 모두가 사라졌다. 시태바리 드나들던 꼬불꼬불 동네길은 쭉쭉 뻗은 포장도로로 바뀌었다. 극정이 지고 소를 몰고 가던 그 길 위로 트랙터와 자동차가 달려간다. 문명의 이기는 생활의 편익은 주지만, 사람 냄새 나지 않고 인정은 메말라 오늘의 농촌 풍경은 삭막하기만 하다.

어린 시절 우리 집 안산에는 소나무들이 군락群落을 이루고 있었다. 땔감이 부족하던 시절 나무 밑에 쌓인 솔잎을 긁어다 연료燃料로 쓰는 걸 보았었다. 가을이 오면 추석 전에 어른들 따라 솔잎을 따는 게 일이었다. 깨끗이 씻어 말려 광주리에 깔고 송편을 보관했다. 추석이 지나고 한참 후에도 솔잎을 떼어내고 먹었던 송편 맛이 너무도 좋았다. 송편에 붙은 솔잎을 떼어내고 먹었던 떡 맛은 잊을 수 없는 또 하나의 추억이다. 언제부턴가 그 소나무들이 모두 사라지고 보이지를 않는다. 어느해 늦은 봄 산악회 동호인들과 남산 둘레길을 걷다가 소나무 아래 벤치에 누워 하늘을 바라본 적이 있다.

애국가 가사에 나오는 그 '소나무' 아래서 애국가를 불러본 기억도 있다.

소나무는 사시사철 푸름을 자랑한다. 소나무는 그 자체로서도 우리 민족의 생활과 밀접한 관계를 가지고 있다. 봄철 소나무에서 나오는 꽃가루로 만든 다식은 예물 상 위에서 자태를 뽐냈고 맛도 좋았다. 소나무는 시조나 그림에서도 소재로 많이 쓰였다. 신라 진흥왕 때 솔거가 그렸다는 황룡사의 노송도, 추사 김정희 세한도 등은 모두가 소나무를 소재로 한 걸작이지 않은가. 소나무처럼 우리 생활에 물질적 정신적 영향을 준 나무는 없는 것 같다. 우리나라 방방곡곡 어디를 가도 소나무가 만들어 내는 아름다운 정경은 늘 우리들 마음을 풍요롭고 포근하게 해 준다.

소나무는 비가 오나 눈이 오나, 바람 불 때나 고요할 때나 항상 자연과 어울리는 특질이 있는 것 같다. 소나무의 변하지 않는 굳센 절개, 눈바람 서리를 이겨내는 지조는 우리 민족의 기상과도 일맥상통한다. 외세의 침략이나 어려운 일이 있을 때마다 우리는 굳센 절개와 지조를 잃지 않고 온전하게 나라를 지켜왔다. 솔잎 무성한 소나무 앞에 서면 정중하고 엄숙한 기분이 든다. 긴 세월을 두고 보아도 소나무는 싫증이 나지 않는 나무다. 고결하고 과묵하며 변하지 않고 항상 자연과 잘 어울린다.

어린 시절부터 소나무는 내게 그리움의 상징이었다. 사람에게 인연이란 운명적으로 다가오는 모양이다. 내 인생길에서 다시 한 번 소나무와 인연을 맺었다. 계간지 '푸른솔'은 나를 문학의 길로 안내한 영원한 은인이다. 쉬지 말고 끊임없이 글을 쓰며 살아가라는 사명감을 준 스승이기도 하다. 소나무처럼 굳센 절개와 굽힐 줄 모르는 지조를 가지고 살아가야 할 것 같다.

5부 딸이 사는 아파트

나의 집

딸이 사는 아파트

손자의 입학식

외갓집

입원실의 하룻밤

장 담그는 날

비 오는 날의 추억

졸업식

농협 직원 24시

혼인과 결혼

시애틀 친구

초안산 식구들

나의 집

할아버지께서 지으신 집이라고 했다. 내가 세상에 태어나기 훨씬 전에 지은 집으로 500여 평 넘는 대지에 근동에서는 보기 드문 커다란 집이다. 안채에는 아버지 어머니가 기거를 하셨고 대문간 사랑채는 할아버지 할머니가 쓰셨다. 안사랑채는 고모들이 생활하던 방이었다. 대문 양편으로 곡간穀間과 쌀독이 놓인 광이 있었다. 안마당 가에는 지하수를 끌어 올리는 펌프와 세면장도 있었다. 대문을 열고 나서면 바깥마당 한 편에 행랑채가 있어 농사일 하던 일꾼들이 거처하던 곳이다. 옆으로 외양간이 자리 잡고 있으며 바깥마당 끝에 돼지우리가 차지하고 있었다. 커다란 느티나무 아래 우물가는 동네 아낙들의 발자취가 남아 있는 곳이다.

대농가의 많은 가족들이 살아온 집은 세월이 가며 식구가 줄어들기 시작했다. 할아버지와 할머니가 돌아가시고 삼촌 고모들, 우리 오남매 모두가 시집 장가가며 살던 집을 떠나갔다. 어머니와 아버지 두 노인만 살던 집은 지붕이 새고 여기저기 허물어지기 시작했다. 아버지가 돌아가시고 어머니만 계시던 커다란 집은 흉가凶家를 방불케 하는 지경에 이르렀다. 어머니가 외로우실 것 같아 건넌방을 세놓아 할머니를 한 분을 살게 했다. 마침내 어머니까지 서울로 가시고 나 혼자서 집을 지키는 신세가 되고 말았다. 집을 수리해서 살아볼까 하는 생각도 해보았다. 서울의 가족들이 와 산다는 보장도 없고, 집수리 비용도 엄청나게 많이 들어갈 것 같았다.

오랫동안 망설이며 고심하던 끝에 자그마하게 전원주택을 짓기로 결심을 하였다. 막상 집을 새로 짓겠다고 작정은 했지만 마음에 걸리는 게 많았다. 할아버지께서 지은 지 80년이 되는 집을 헐어야 한다고 생각하니 만감이 교차했다. 이 집에서 태어나 자라고 성인이 되어 떠나간 혈육들 생각이 먼저 떠올랐다. 목조 건물이니 수리를 해서 살다보면 수백 년은 보전할 수가 있을 터인데…… 아쉬운 생각에 허탈감을 견디기가 힘들었다. 집을 지으셨던 할아버지께 죄송스런 심정은 오랫동안 이어졌다.

살던 집을 헐어야 하니 집안 살림에 쓰던 세간을 정리해야 한다. 서울서 아내와 딸이 내려왔다. 내가 기거하던 안채 방에서 먼저 물건들을 정리하기 시작했다. 부엌과 안 사랑채 방과 누다락에서 꺼내오는 그릇들은 옮기는 작업이 그칠 줄을 모른다. 쌀독이 있던 광에서는 커다란 독과 옹기그릇들이 줄을 이어 밖으로 나온다. 곡간에서 나오는 옛날 농기구들을 바라보며 어린 시절의 농촌풍경이 향수로 다가왔다. 탈곡기, 쟁기, 지게, 낫, 갈퀴, 호미, 도리깨…… 뽀얗게 먼지를 뒤집어쓴 옛날 물건들은 모두가 골동품이다. 멍석, 삼태기 등 짚을 원료로 만든 세간들은 옛사람들 손재주를 새삼 생각게 했다.

이른 봄 긴 해가 기울고 어둑어둑할 무렵에야 모든 게 정리되었다. 안채, 문간방, 사랑채, 행랑채를 돌아봤다. 텅 빈 방안은 어둠과 정적뿐이다. 옛날 방안에서 살다간 얼굴들이 떠올라 울컥하고 설움이 복받쳐오는 것이었다. 호롱불 밑에서 내가 밤늦게까지 공부를 했던 문간 사랑채 방에서 한동안 우두커니 서 있었다. 서글픈 마음으로 옛 생각에 잠겨 있는데 밖에서 딸아이는 저녁식사를 하러 가자고 소리를 친다. 딸아이는 여기서 살아본 적이 없으니 나만큼 이 집에 대한 애정이 있을 리 없다.

집이 모두 헐리고 빈자리에는 아담하게 현대식 건물이 들어섰다. 옛날 바깥마당 자리에는 정원이 들어섰다. 잔디를 깔고 정원수를 심어놓았다. 금년 봄에는 아내와 함께 감나무와 사과나무도 몇 그루 사다가 심어놓았다. 마당 가 우물은 메울까 하다가 생각을 바꾸어 정비를 해 물이 계속 흐르도록 했다. 내가 태어나 성장하고 살아가는 동안 계속 먹었던 물을 흙으로 메우기가 싫었기 때문이었다.

새로 지은 집에는 옛날보다 서울에서 가족들이 자주 드나드는 편이다. 내가 지어놓은 이집이 오랫동안 이어갔으면 하는 생각이 늘 머릿속에서 떠나지를 않는다.

딸이 사는 아파트

딸이 쓰던 방에서 잠이 깨었을 때는 새벽 5시가 좀 지난 시간이다. 옷을 챙겨 입고 현관문을 나서니 찬 기운이 얼굴을 스친다. 예년보다 일찍 온 겨울 한파가 3일째 계속되고 있다. 아파트 단지는 가끔 지나가는 택시소리와 불빛 말고는 잠자는 듯 고요하다. 밤을 새운 가로등은 아직도 잠이 덜 깬듯 졸음에 잠겨 있는 모습이다. 5~6분을 걸어 아파트 단지 입구가 저만큼 바라다보인다. 우측으로 고개를 돌리니 높다란 아파트 건물이 눈에 들어오고, 아파트 창에서 군데군데 불빛이 흘러나온다. 며칠 전 딸아이가 이사를 가 살고 있는 집을 바라보며 나는 새벽길을 걷고 있었다.

사람이 만나고 헤어지는 건 당연한 이치다. 부모와 자식 간에도 때가 되면 이별을 해야 하는 게 어쩔 수 없는 현실이다. 혼기(婚期)를 놓치고 독신으로 사는 딸이 몇 년 전부터 집에서 나가 독립하겠다고 했지만 나는 말렸다. 부모가 있고 사는 집이 있는데 왜 집을 떠나려 하느냐고. 딸이 결혼을 하면 살던 집에서 스스로 떠나가게 마련이지만, 결혼하지 않은 딸이 부모 곁을 떠나 혼자서 살겠다는 생각은 이해하기 힘들었다. 처음에는 반대를 했지만 이번에는, 같은 아파트 단지 내에서 이사를 한다고 하니 더이상 내 고집만 피울 수도 없는 상황이 되었다.

'품 안의 자식'이라고 했던가. 자식이 어렸을 때는 부모의 뜻을 따르지만 성장하면 제 뜻대로 행동하려는 건 어쩔 수 없는 현상인가 보다. 아파트 계약을 하고, 살던 이들을 내보내고, 집수리를 한 후 이사준비가 시작되었다. 집을 제가 마련하고 모든 걸 스스로 힘으로 한다고 하지만 부모의 역할이라는 것도 있지 않은가. 옛날 같으면 딸이 시집을 갈 때 옷, 농 이불 등 세간을 모두 마련해 실어 보냈었다. 집수리가 모두 끝난 후 새 가구가 들어오고, 제가 쓰던 물건들을 모두 옮겨갔다. 이사가 끝나고 이튿날 찾아가 보니, 집안이 깨끗하고 가구를 비롯하여 세간이 잘 정돈 되어 보기가 좋았다.

딸이 이사를 가고 텅 빈 방안을 들여다보니 울적한 기분을 지울 수가 없다. 부모 자식 간이라도 서로의 생활공간이 갈라졌다. 내가 딸을 보러 가도, 제가 나를 찾아와도 이제는 집주인이 다른 집을 서로 찾아다니는 모양이 된 것이다. 결혼해 저의 보금자리를 찾아 떠나는 것이 아니라 마음이 아프다. 지금까지는 한 집에 살아왔지만, 이제는 딸 지은이가 내 곁에 와 함께 살지 않을 거라고 생각하니 안타깝고 울적한 기분이 든다.

인간관계에서 가족은 가장 작은 사회를 말한다. 전통적인 우리의 대가족 제도는 오래 전부터 붕괴되고 있다. 경제발전과 산업화, 인구의 도시 집중은 핵가족 현상을 가져왔다. 이제는 핵가족 현상도 무너지고 혼자서 살아가는 시대가 되는 것 같다. 요즈음은 혼밥, 혼술을 즐기는 혼족族 사람들이 늘어나고 있다. 1인 가구에서 홀로 밥을 먹고, 혼자 술을 마시고 즐기며 살아가는 인구가 많이 늘어나고 있는 것이다. 대가족이 핵가족으로, 핵가족은 다시 혼족으로 바뀌는 시대다.

외동 딸 지은이는 어려서도 총명하고 영리했다. 학창 시절은 공부를 잘 해서 주위로부터 칭찬을 받았고, 명문 대학을 가 부모와 가족들을 즐겁게 해주었다. 효도라는 게 별 것 있겠나. 부모 마음 기쁘고 즐겁게 해 주면 그것이 효행이다. 성인이 되고 사회활동을 하면서도 늘 내 건강을 걱정했던 효녀였다. 체중이 늘어 배가 나온 아빠를 놀리며 걱정했고, 테니스 라켓, 운동화 등을 사주며 내 건강에 신경 써주었다. 동기간 화목을 위해 기제사를 비롯한 집안 행사에는 늘 앞장서서 일을 했었다.

삼남매에 두 아들은 제 짝들을 만나 내 곁을 떠나갈 때 기쁜 마음뿐이었다. 친지나 지인들 결혼식장을 많이도 드나들었다. 딸의 팔짱을 끼고 주례 앞에 갔다가 돌아서 나오는 신부 아버지 표정도 유심히 보았다. 내 딸 지은이 생각을 하며 눈가가 붉어졌던 적도 여러 번 있었다. 제 짝도 없이 내 곁을 떠나 홀로 외롭게 살아갈 딸이 불쌍하다는 생각에 눈시울이 붉어진다. 가까운 친구와 술자리에서 이야기를 하다가 눈물을 철철 흘리며 끝내 울고 말았다.

새벽마다 운동을 하러 아파트 단지를 걸어가며 딸아이의 아파트를 바라본다. 지금 시간에도 혹시 일거리가 많아 밤샘을 하지는 않았는지, 독감이 만연한 요즈음 몸은 건강한지, 식사는 제때에 챙기는지…… 안타깝고 마음이 아프다. 자식에 대한 어버이 마음은 다 이런 것인가. 대가족제도가 핵가족으로 바뀌고 핵가족도 해체되어 이제는 홀로 사는 세대가 늘어나 가족제도가 붕괴되어가는 현실이 안타깝다.

손자의 입학식

큰 손자 도경의 고등학교 입학식에 참석하려고 집을 나섰다. 평일 한 낮이라서 지하철 전동차 안은 무척 한산하다. 차안에서 지그시 눈을 감고 손자 도경이가 태어나던 때를 회상해 보았다. 도경이가 태어나고 3일째 되던 날이었다.

아내와 함께 목동에 있는 종합 산부인과 병원을 찾아갔었다. 면회실 에서 유리창으로 분만실 안의 널따란 실내 공간이 바라보인다. 분만실 침대에는 세상에 새로 태어난 새 생명들이 움직이고 있는 게 멀리 바라보인다. 마치 잠실 바닥에서 꼬물꼬물 움직이는 누에 모습 같다. 새 생명의 탄생이 신비로운 느낌으로 다가왔다. 멀리서 유모차에 실려 아기가 점점 가까이 온다. 간호사가 아기를 안고 창가로 다가와 얼굴을 보여준다. 미처 눈을 뜨지 못했지만 또렷한 얼굴 모습이 귀엽고 신기해 보였다.

이 세상에 태어나 나와 첫 상면을 한 지 어언 15,6년 세월이 지났다. 어느새 세월이 이렇게 흘러가고 생후 3일 되었던 손자가 성장하여 벌써 고등학생이 되었다고 생각하니 감개무량하다.

나도 삼남매의 자식을 낳아 키웠고, 그들은 이제 모두 내 곁을 떠났다. 자식들이 세상에 태어나 성장하고 독립하여 사회에 진출했으니 다행이라는 안도감이 든다. 생각해보니 그들이 성장하고 자립하여 부모 곁을 떠나는 데 꽤 오랜 세월이 지난 것 같다. 웬일인지 자식들이 태어나 성장하고 공부하며 학교를 다니던 시절의 기억이 내게는 확실하게 떠오르지를 않는다. 그런데 손자가 태어나 자라고 공부하며 이제는 고등학교에 입학까지 하는 과정은 너무 뚜렷하게 바라보이는 것이다.

자식들이 태어나고 성장하는 과정에서 가장인 아버지는 직장에서 일 터에서 하는 일들이 가정보다 우선이었던 것 같다. 직장이 우선이었고, 가정보다는 맡은 일들이 무엇보다 중요한 것으로 생각하며 살았던 시절이다. 아이들의 성장이나 교육에는 아내의 노고가 많았고 공이 컸다는 생각을 지울 수 없다. 자식들보다 손주들 성장 과정이 더 또렷이 바라보이는 것은 할아버지인 내가 객관적 입장에서 그들을 바라볼 수 있기 때문에 가능한 것 같다.

입학 식장에 들어서니 학부모를 안내하는 학생들이 반갑게 인사를 한다. 입학식장 안은 화려하게 장식했지만 엄숙한 분위기다. 국민의례가 끝나고 교장 선생님이 내빈을 소개하고 있다. 오늘의 정치 현실이 혐오스러운 탓인지 국회의원 구청장 구의원 등 선출직 정치인들 모습이 순수하게 바라보이지를 않았다.

교장 선생님은 학교 연혁과 학사보고를 하고 2018년 수능고사 만점 학생이 학교의 명예를 빛냈다며 은근히 학교 자랑을 한다. 교직원을 소개하는 교감 선생님 말씀을 들으며 순간 나는 깜짝 놀랐다. 선생님들 보직이 입시정보 수집, 진학상담, 방과 후 학습지도…… 교사들의 모든 업무가 대학입시 지도 위주로 편성되고 있는 것 같았다. 새벽 6시 반에 집을 나서 등교하면 밤 10시 이후에나 하굣길에 나선다고 한다. 고생길에 들어서는 손자 도경이가 애처롭다는 생각이 머리에서 떠나지를 않는다.

입학식이 끝나고 현관 복도에서 한동안 기다리고 있으니 새 교복을 입은 손자 도경이 웃으며 다가온다. 훤칠하게 큰 손자를 나는 안아주며 격려해주었다. 순간 반세기 하고도 15년이 지난 옛 추억이 떠오르며 가슴 뭉클함을 느꼈다. 내가 고등학교 입학시험을 치르던 날 할아버지가 시험장에 찾아오셨던 아련한 추억 때문이었다. 몹시도 추웠던 겨울 날씨였다. 입학 시험장이었던 시내 어느 고등학교 교실에서 시험지를 제출하고 밖으로 나왔다. 뜻 밖에도 할아버지가 와 기다리고 계셨다. 검정 두루마기에 털모자를 쓰시고 내 손을 잡으셨다. 대가족 가운데서도 장손이 소중하다며 나를 유난히 귀여워하고 사랑해주셨던 할아버지셨다. 이제 내가 할아버지가 되어 손자의 고교 입학식에 참석하며, 나의 고교 입학 시험장에 찾아오셨던 할아버지를 회상하며 다시 한 번 인생무상을 느끼는 순간이었다.

교육이란 게 무엇일까? 인간의 삶을 영위하는 데 필요한 모든 행위를 가르치고 배우는 과정과 수단을 우리는 교육이라 한다. 고등학교 교육이 대학 입학을 위한 수련장이 되어서는 안 된다는 생각이 절실하다. 인성교육이나 전인교육이 아닌 입시학원 학습 같은 교육은 진정한 교육이 아니다. 우리의 교육 제도는 정치권과 뗄 수 없는 상관관계가 있다. 정치와 교육이 우리 사회에서 실제로 하나의 함수 관계를 이루어온 것이 사실이다. 국가 교육정책과 학제는 국민 교육제도의 근간이며 핵심이다.

외갓집

현직에서 은퇴하기 전 옛날이야기다. 서울에서 지방으로 출장을 갈 때면 늘 기차를 타고 다녔다. 경부 고속도로가 개통되기 전이었으니 지금처럼 교통이 편리하지 않던 시절이었다. 지금은 사통팔달 뚫린 고속도로를 달려 웬만하면 일을 마치고 집으로 온다. 그러나 그 당시는 지방 출장이면 늘 그곳에서 잠을 자고 식사를 해야 하는 객지생활이었다. 회사일 때문에 집을 나서지만 외지로 떠나는 여행에 대한 설렘도 있었다. 경부선 기차표는 언제고 오른편 창문 쪽 좌석을 마련했다. 기차가 서울을 떠나 신탄진역을 지나기 직전에 외갓집 동네가 눈앞에 나타난다.

나의 외갓집은 청주시 서원구 현도면 시목리다. 차창으로 내다보이는 외갓집 동네는 그림 같은 농촌 풍경이었다. 양지바른 야산 아래 20여 호 남짓 초가집들이 가지런히 펼쳐져 있었다. 동네에서 제일 커다란 집이 외갓집이었다. 내가 세상 처음 태어난 곳이라는 그 마을은 늘 잠자는 듯 조용하기만 했었다. 자동차를 주로 이용하다가 언젠가 부산 여행길에 기차를 탄 적이 있었다. 옛날처럼 오른편 창가 좌석에 앉아가며 그 동네 근처를 지나게 되었다. 그런데 이게 웬일인가. 옛날의 외갓집 동네가 보이지 않는 것이다. 그곳이 개발되어 마을 전체가 다른 곳으로 집단이주를 했다는 걸 나중에야 알았다.

초등학교도 입학하지 않았던 어린 시절로 기억된다. 오랜만에 어머니께서 친정 나들이를 가시는 것 같았다. 농사일 돕던 일꾼 아저씨의 도움을 받아가며 어머니는 나를 데리고 친정집을 가셨다. 동네가 바라보이는 갈림길에서 아저씨는 되돌아가시고 어머니와 나만 남게 되었다. 동네 입구에 다다랐을 때 나는 갑자기 가지 않겠다고 버티며 그 자리에서 멈추었다. 어머니는 어서 가자며 나를 무척 달래셨다. 어머니가 달랠수록 나는 더욱 고집을 부리며 끝내 울음을 터트리고 말았다. 왜 어머니 속을 그렇게 썩혀드렸는지 수십 년이 더 지난 지금 생각해도 알 수가 없다.

어릴 적 외갓집에 대한 추억은 너무도 생생하게 머리에 남아 있다. 외할아버지께서는 훤칠한 키에 긴 수염을 기르시고 머리에는 갓을 쓰신 한학자漢學者셨다. 일제시대였지만 현도 면장을 지내셨다고 했다. 신탄진 강다리江橋가 준공되었을 때 준공 테이프를 끊고 도지사와 함께 찍은 사진이 외갓집 안방에 걸려 있었다. 자그마한 키에 인자하셨던 외할머니, 내가 외갓집에 갈 때면 이 세상 누구보다 애지중지 외손자를 사랑해주셨다. 한겨울 밖에서 놀다가 안방으로 들어가면 할머니는 따스한 손으로 꽁꽁 언 내 손을 잡으셨다. 얼었던 손이 따스해지면 다시 내 양 볼을 두손으로 잡으시는 것이다.

내가 자라서 철이 들며 바라본 외갓집은 서서히 불운이 닥치고 있는 것 같았다. 외할아버지 할머니께서 돌아가신 후 명문대학을 나와 연애 결혼한 큰외사촌형 내외가 집안일에 관심이 없었다. 더구나 기제사忌祭祀까지 거부하며 끝내는 자기들끼리 객지로 나가 집안과 인연을 끊다시피했다. 엎친데 덮친 격으로, 둘째 외사촌형 내외의 이혼으로 집안이 혼돈에 빠지는 것 같았다. 명문 집안으로 더운 바람이 불던 외갓집은 웃어른들이 모두 세상을 뜨시며 이렇게 서서히 가운家運이 기울기 시작했던 것이다. 지금은 몰락한 외갓집을 생각하면 너무 마음이 아프다.

우리 속담에 '외손자를 귀애하느니 방아깨비를 귀애하지'라는 속담이 있다. 외손자란 아무리 귀애해도 결국은 제 친가 쪽으로 도망가고 만다는 뜻이다. 외조부모에게 받았던 극진한 사랑이 있었지만 내가 성장해서 외갓집을 위해 한 일이 없다. 아쉽고 후회스런 마음에 서글픈 심정이다. 달리는 기차 창밖에 비치던 그림 같던 외갓집 동네는 어느날 영원히 사라졌다. 자랑스럽던 외갓집은 이제 초라한 존재가 되었다. 세월이 가고 세상이 바뀌면 사람 살아가는 모습도 변하고 집안의 성쇠盛衰도 달라지는 모양이다. 그래서 인생무상人生無常이라고 했던가 보다.

입원실의 하룻밤

싱싱하게 자라던 나무는 오랜 세월 풍파를 겪고 고목(古木)이 되고, 싱싱한 윤기를 잃어 거친 모습으로 변해버린다. 사람도 나이를 먹고 늙어갈수록 신체의 기능이 떨어질 뿐 아니라, 탄력 있던 피부에는 주름이 생기고 곱던 얼굴은 생기가 없어진다. 살아 있는 존재란 모두가 세월이 지나면 향기를 잃고 흉한 모습으로 변하는 게 자연의 이치인가 보다. 가끔 거울 앞에서 자신의 얼굴을 바라보며 가벼운 한숨이 나올 때가 있다. 얼굴에는 주름살, 검버섯, 얼룩 점…… 몰골이 흉하고 보기가 싫다.

얼굴의 점 하나를 제거하려고 가까운 피부과를 찾았다. 피부과에서는 진찰을 해보고 종합병원으로 가보라는 소견서를 주는 것이었다. 서대문 사거리에 있는 S종합병원으로 갔다. 피부과 담당 의사는 얼굴의 점 일부를 떼어내서 조직검사를 해보자고 한다. 병원을 찾는 환자의 입장이란 늘 의사의 지시에 순순히 따라야 한다는 생각으로 병원을 드나든다. 점 일부를 제거하고 조직 검사결과는 일주일 후에 나온다고 했다.

조직 검사라는 게 심상치 않은 결과가 나올 수도 있기 때문에 환자 입장에서는 언제나 긴장하기 마련이다. 조직검사 결과는 피부암이라는 판정을 받았다.

지금까지 우리는 암Cancer은 바로 죽음을 생각할 만큼 심각한 질환으로 생각해온 게 사실이다. 기초암이라는 처음 들어보는 병명이었다. 피부암은 거의 전이가 되지 않는다는 주치의의 소견에도 불구하고 마음이 편치 못했다. 암으로 판정이 났으니 수술은 불가피하게 되었다. 수술 날짜를 잡아놓고 10여 일을 기다리는 동안 초조하고 불안한 마음의 갈등을 겪어야만 했다.

수술 날자가 되어 아침 일찍 가족들과 병원으로 가면서도 내심 긴장이 되었다. 가족이나 보호자들은 대기실로 안내하고 나 혼자만 수술실 입구로 갔다. 수술복으로 갈아입고 수술실 안으로 들어선다. 칸막이 사이로 보이는 수술 도구와 기계 장치에서 번쩍이는 불빛, 음향들이 드라마나 영화에서 보았던 그대로의 장면이었다. 무더운 날씨인데도 실내는 냉기가 돌고 살벌한 분위기를 보여준다. 수술실은 사람의 몸에 칼을 대고 피를 흘려야 하는 장소라서 그런지 살기殺氣마저 느껴지는 분위기였다. 지정된 침대에 뉘이고 눈과 얼굴을 모두 가린다. 마취를 하고 수술이 시작되었다.

30여 분 수술을 하는 동안 부분 마취를 했기 때문에, 집도 의와 팀원들끼리 나누는 이야기 소리가 생생하게 귀에 들어왔다. 수술이 끝나고 침대에서 내려오니 약간 현기증이 있었지만 별다른 이상은 없었다. 몇 시간 안정을 취한 후 귀가했다가 다음날 병원으로 오든지, 하루 정도 입원실에서 보내고 다음날 치료를 받고 퇴원할 수 있다고 했다. 가족들 권유로 지정된 입원실로 갔다. 병원 시설은 옛날에 비해 무척 훌륭하다는 느낌을 받았다. 깨끗한 환경과 현대식 첨단시설, 의사나 간호사들의 친절에 저절로 고마운 마음이 인다.

한 병실에 대여섯 명의 환자가 머무는 입원실에 자리를 잡았다. 보호자나 간병인, 간호사, 문병인 등의 발길이 끊이지를 않으니 밤새도록 쉽게 잠이 오지를 않는다. 좀처럼 잠을 이룰 수가 없다. 가지고 갔던 책을 읽으며 시간을 보내게 되었다.

인기 탤런트 김혜자 씨는 지난 10여 년 동안 국제 구호단체인 '월드비전' 대리 대사를 맡아 봉사 활동을 하였다. 에티오피아를 시작으로 소말리아, 르완다, 방글라데시, 라오스, 베트남, 캄보디아, 보스니아, 케냐, 우간다 등, 전쟁과 가난과 질병에 고통 받는 아이들을 돕는 데 앞장서왔다. 기아와 질병에 시달리며 죽어가고 있는 수많은 난민들 참상을 쓴 책(『꽃으로도 때리지 말라』)이었다. 필자는 매일 의료진을 비롯한 구호 요원들에게 힘든 결정을 알려야만 했다. 사경을 헤매는 수많은 환자를 모두 치료할 수 없어, 일부 환자의 치료를 중단하여 죽음으로 방치해야 하는 고통스러운 결정이었던 것이다.

어린 시절 우리는 농촌에서 배가 아프다고 위 통증을 호소하다 사망하는 걸 자주 보았다. '속앓이' 병이라 했지만 그것은 현대 의학으로 보면 위암 같은 병이었을 것이다. 뿐만 아니라 흔히 앓는 감기를 '고뿔'이라고 하던 시대를 살아왔다. 병원은 환자를 치료하고 질병 예방과 재활 서비스를 제공하는 곳이다. 문명사회가 발달하고 선진화된 나라일수록 의료 시설이나 서비스는 우수하다. 우리도 소득 수준이 높아지고 살 만해지니 훌륭한 병원 시설과 선진화된 의술 혜택을 받고 산다는 자긍심이 들었다. 하지만 왠지 허전하고 씁쓸한 기분이 드는 밤이었다.

지구상의 60억이 넘는 인구 중에서 12억 인구가 1달러 미만의 수입으로 살아가고 있고, 그들 중 대부분은 전쟁과 질병 빈곤의 희생자다. 1억 5천명 아이들이 거리에서 자고, 먹고, 일하고, 뛰어다니고, 꿈을 꾼다고 했다. 사람은 누구나 평등해야 하겠지만 불평등한 세상이 존재한다는 건 "인류문명의 모순"을 의미하는 것 같다. 허탈하고 씁쓸한 기분이 드는 입원실의 하룻밤이었다.

장 담그는 날

아침식사를 하는 자리에서 아내가 '말馬의 날'이 언제냐고 묻는다. 12지지地支 가운데 말을 상징하는 오午가 있는 일진을 알고 싶어 하는 것 같았다. 왜 그러냐고 물으니 장을 담그는 날을 찾고 있다는 것이다. 오랜 옛날부터 장을 담그는 건 우리의 전통 문화였다. 농촌에서는 가을걷이가 끝난 늦은 가을이면 콩으로 메주를 삶는 냄새가 동네 고샅마다 진동을 했었다.

짚으로 얽어맨 메주 덩어리는 안방이나 골방 시렁에 매달려 겨울을 난다. 설을 쇠고 얼마 후면 그 메주로 장을 담그는 일도, 김장을 하는 것과 마찬가지로 가정주부들의 커다란 집안 행사였었다. 장을 담그는 주부들의 마음은 지극한 정성 바로 그것이었다. 어머니께서는 장을 담그고 나서, 바람이 잘 통하고 햇빛이 잘 드는 장독대로 옮기셨다. 새로 담아넣은 장독에는 금줄을 걸어 놓고 하루에도 몇 차례씩 장 상태를 살피셨다.

간장, 된장, 고추장은 우리나라의 전통 조미료라고 할 수 있다.

'장맛 보고 그 집안 길흉을 안다'는 속담이 있다. 장醬이나 간장은 우리의 밥상을 넘어, 생활 전반에 깊숙이 영향을 미치는 식생활 문화의 정수精髓 였다. 온갖 것의 평가기준이 '그 집 장맛'이었다. 공들여 담근 장에서 나오는 간장은 오래 묵힐수록 맛이 좋았다고 한다. 오래 묵힌 까만 빛깔의 간장은 '씨간장'이라고도 했고, 그 맛이 무척 좋았었다. 어릴 적 별다른 반찬이 없을 때 묵은 간장에 비벼주던 할머니의 비빔밥은 긴 세월이 지난 오늘까지도 잊을 수 없는 특별 메뉴였다.

지난 해 11월 도널드 트럼프 미국 대통령이 우리나라를 방문했을 때 만찬장에 한우 갈비를 올렸었다. 그 한우 갈비를 재운 조미료가 씨간장 이었다고 한다. 전라남도 명문가 창평고씨 집안에 전해 내려오는 360년 된 씨간장을 사용했다는 것이다. 그 씨간장을 두고 외신들은 '미국의 역사보다 더 오래 된 간장'이 메뉴로 제공되었다며 큰 관심을 보이기도 했었다. 창평고씨 집안 간장이 360년을 전해져왔으니, 250여년 미국의 역사에 비하면 우리의 전통문화는 얼마나 찬란하고 유구한 것인가.

아내가 서울서 장을 담그러 시골로 왔다. 옛날 집터에 지금은 전원주택이 들어서 주위 환경이 모두 바뀌었지만, 오랜 세월 할머니와 어머니께서 대를 이어 장을 담가 보관했던 장독대는 지금도 제자리에 그대로 있다. 지금도 수십 개 크고 작은 빈 독과 단지, 항아리들이 자리를 지키고 있는 게 더러는 안타까울 때도 있었다. 장을 담가 장독대로 옮기는 아내의 뒷모습을 바라보며 까닭모를 한숨이 나왔다. 우리 집안 장 담그는 전통도 어쩌면 아내가 마지막 아닐까 하는 노파심 때문이었을 것이다.

요즈음 도시인들은 물론이고 농촌에서도 자가 생산한 콩으로 메주를 쑤고 장을 담가 먹는 사람들이 크게 줄어들고 있는 것 같다. 전통적 문화유산인 김장이나, 장 담그는 일이 점점 사라지고 있다. 김치는 물론이고 간장과 된장도 공장에서 생산되거나 해외에 수입되는 물품들이 대부분 가정의 식탁을 차지하기 시작하고 있다. 가정주부들이 한 해 농사라고 여겨 정성과 노력을 기울여오던 우리의 전통 문화가 점점 사라지는 현상이 안타까울 뿐이다. 물질문명 발전에 따른 기계화 자동화 덕분에 인류는 평안하고 안락한 삶을 누리고 있는 게 사실이다.

장을 담그고 김장을 하는 일 자체는 인간의 육체적 노력을 반드시 필요로 한다. 편익과 안락을 추구하는 인간의 욕구는 힘든 일을 하기 싫어하고 내 몸은 더 챙기려 하게 마련이다. 돈을 주고 시장에서 장이나 김치를 사먹으면 분명히 편리한 점은 있다. 사람에게 진정한 행복이란 과연 무엇을 의미하는 걸까? 인간의 참된 행복은 정신적으로나 육체적으로 조화를 이루어야 한다. 물질적 풍요와 편익은 인간 삶의 질을 높이는 것 같지만 아름다운 우리의 정서와 전통 문화는 점점 사라지게 마련이다. 인간의 행복은 물질적 생산과 소비의 많고 적음에 있지 않다. 사람과 사람 사이, 인간과 자연 사이의 친숙하고 조화로운 관계에 의해서 행복은 보장되는 것이다.

비 오는 날의 추억

오래동안 가뭄이 계속되더니 단비가 대지를 적셔주는 듯했다. 제주도나 남해안에는 큰비가 내리는 데도 좀처럼 시원한 빗줄기가 인색하다. 비가 오는 것 같다가 금방 햇볕이 내려쪼여 더위를 식힐 줄 모른다. 한동안 마른장마가 계속되더니 어느새 본격적인 우기가 시작되었다. 장마철이 되고는 비 오는 날이 길어진다. 엊그제까지 비를 기다렸는데 어느새 빗줄기가 지루하게 느껴진다. 인간의 마음은 어쩌면 이렇게 변덕스럽고 간사할까. 계속 비가오고 우중충한 날씨가 이어지니 왠지 우울한 기분이다. 지척지척 비가 내리는 한가로운 오후다. 거실 창밖을 바라보니 빗물을 머금은 하얀 백일홍 꽃이 한결 청초해 보인다. 아득한 옛날 비 오던 날 추억이 떠오른다.

교복을 입고 모자를 쓰고 고등학교를 다니던 시절이었다. 지금처럼 버스나 대중교통 수단이 없던 시절, 시골에서 시내에 있는 학교까지는 꽤 먼 길이었다. 한 시간 이상을 걸어서 학교를 가고 오는 일은 지금 생각해 보면 고난의 행군 같았다. 여름방학이 시작되기 전 어느 비 오는 날이었다. 등교할 때 가지고 간 우산을 잃어버렸다. 오후가 되어 하교시간이 되었는데 교실 복도에 두었던 우산이 없어졌다. 아무리 찾아보아도 내 우산만 보이지 않는다. 다행이 빗줄기가 가늘어지고 가랑비로 바뀌어 하교 길을 서둘렀다. 동네가 멀리 바라보이는 시골길 초입까지 도착하니 빗줄기가 굵어진다. 서둘러 걸음을 재촉했지만 옷과 책가방은 이미 비에 젖어 있었다.

비에 쫓겨 허둥대고 있는데 너무도 뜻밖의 일이 생겼다. 저만큼 같은 동네 사는 여학생이 우산을 받쳐 들고 혼자서 걸어가고 있는 게 아닌가. 지금의 남녀 고등학생들처럼 스스럼없이 만나고 이야기를 나누는 건 상상도 못하던 시절이다. 소위 '남녀 칠세 부동석'이라는 봉건사상 잔재가 남아 있던 때다. 걸음을 재촉 여학생 가까이 다가갔다. 인기척에 힐끗 나를 처다본 여학생은 말없이 우산을 내 머리 위로 받쳐주었다. 여학생과 나란히 걸으며 젖은 옷이나 책가방이 그녀 몸에 닿을까봐 신경이 쓰였다. 나도 모르게 가슴이 두근거리고 몸에서 열이 나는 것 같았다. 빗속을 걸으며 내 얼굴은 빨개졌던 것 같다. 무슨 이야기를 하며 어떻게 함께 걸었는지 기억이 나지 않는다. 지금 생각해보면 꿈만 같은 장면이었다. 몇십 년 전 비 오는 날의 그때 그 순간을 회상하며 혼자서 웃었다. 비를 맞아 한결 영롱해 보이는 백일홍 꽃도 웃고 있는 듯했다.

직장 초년생으로 결혼을 하고 서울의 변두리 지역에 살던 시절이다. 비 오는 날 받았던 그때 감격을 생각하면 지금도 가슴이 울렁거리는 느낌이다. 아침 출근길에는 맑은 날씨였는데 오후부터 비가 계속 내리고 있었다. 직장 근처 버스 정류장에서 차를 타고 동네에서 내렸다. 날씨는 이미 어둡고 비는 계속 내리고 있다. 정류장에서 집까지 비를 맞으며 갈 길을 걱정하며 버스를 내렸다. 어둠속 승강장은 차를 내리는 사람들로 혼잡했다. 사람들 틈으로 우산 하나가 내 머리 위로 다가선다. 그리고 환하게 웃는 아내 모습이 보이는 게 아닌가. 너무도 놀랍고 감격스러운 순간 이었다. 아내는 내가 귀가할 시간도 모르면서 무작정 나를 기다렸던 것 같다.

결혼한 지 어언 반세기가 다가온다. 살아온 세월의 계급장 같은 얼굴의 잔주름, 희끗히끗한 머리카락, 평퍼짐한 몸매…… 얼핏얼핏 눈에 들어오는 아내 모습을 바라볼 때마다 한숨이 나오고 서글픈 생각이 든다. 아내를 늙게 한 게 내 책임 같은 자괴감마저 드는 이유를 모르겠다. 요즈음 신세대 부부들처럼 가정 운영이나 의사결정을 아내가 아닌 나 중심으로 살아온 게 사실이다. 이제는 서로가 노인이 된 터에 어떻게 아내에게 즐거움과 행복을 안겨주어야 할지 늘 걱정이다. 걱정만 하면서도 뜻대로 되지 않아 안타깝기 그지없는 것이다.

부부의 인연이란 하늘의 월하노인月下老人이 적승赤繩(인연을 맺는 끈, 부부의 인연)을 맺어서 이루어진다고 했다. 부부는 혼인할 때 생즉동실生卽同室하고 사즉동혈死卽同穴 한다지만 죽음만은 뜻대로 안 되는 것이어서 안타깝다. 백제 유적 석가탑(무영탑)에는 아사달과 아사녀라는 석공 부부의 애틋한 사랑이 얽혀 있다. 부부란 애틋한 사랑을 나누고 함께 죽도록 맺어지는 인연 같다. 지루한 장마가 빨리 그쳤으면 좋겠다. 비 그친 하늘에 펼쳐지는 무지개는 무척 아름답다. 오색빛 무지개처럼 아내도 고운 꿈을 잃지 않았으면 좋겠다.

졸업식

1960년대 중반까지만 해도 서울시내 도로 위로는 버스나 택시 말고도 전차가 다니고 있었다. 돈암동 종점에서 차를 내려 미아리고개로 올라간다.

지금은 고개 높이가 낮지만 옛날에는 험준한 고갯길이었다. 고개 위에서 바라보면 북쪽으로 야산이 나타난다. 산 전체가 공동묘지 자리다. 북풍 한파가 몰아치는 한겨울 눈 덮인 공동묘지 봉분들이 살벌하고 음습한 분위를 나타내던 기억이 잊히지 않는다. 상전벽해桑田碧海란 이런 걸 이야기하는 것 같다. 오랜 세월이 지나고 공동묘지 일대는 모두 파 헤쳐지고 고층아파트가 들어서 뉴타운이 되었다. 큰아들네가 살고 있는 동네고, 큰손주 도경이 다닌 초등학교도 이곳에 있다.

큰손주가 태어난 곳은 강서구 목동에 있는 어느 병원이었다. 출산 후 사흘 만에 아기를 보러 갔었다. 유리창 안으로 바라보이는 분만실 안은 수많은 신생아들이 자리를 메우고 있다. 간호원이 유리창 안에서 보여주던 손주의 모습이 대견했다. 눈은 감은 채로 고개도 미처 가누지 못하고 있지만 이목구비耳目口鼻가 뚜렷하다. 내 핏줄이 이어진 자손이라 생각하니 감격스럽기도 하다. 세월이 유수 같다는 표현은 이런 경우를 말하는지도 모르겠다. 어느새 초등학교를 졸업한다고 한다. 시간을 내어 졸업식장을 찾아갔다. 졸업식장인 강당 안에는 만은 인파로 붐비고 있다.

소란하고 시끄러운 강당 단상에는 꽃단장을 하고 교장선생님이 서 계시다. 재학생들로 구성된 악단의 연주가 졸업식장 안을 흥겹게 하고 있다. 꽃다발을 든 가족들은 졸업생들 사진을 찍느라 식장 안을 더욱 혼잡스럽게 하고 있다. 악단의 연주가 그치고 졸업식이 시작되었다. 졸업생 이름이 호명되면 단상 정면에 걸려 있는 대형 스크린에는 사진과 함께 그의 좌우명이 클로즈업 된다. 많은 졸업생에게 일일이 졸업장을 수여하고 악수를 나누는 시간이 지루하게 계속되고 있다.

단상의 이층 복도에 앉아 식장 단상을 바라보며 반세기도 훨씬 지난 옛날 내가 초등학교를 졸업하던 시절 추억이 아련하게 떠오른다. 졸업생이래야 두 반 학생 백여 명 남짓이었던 것 같다. 졸업식장은 학교 교실에서 거행되었다. 여선생님의 풍금 음악에 맞추어 졸업식 노래를 부를 때면 졸업생도 재학생도 모두가 울음바다를 이루던 정경이 눈에 선하다. "빛나는 졸업장을 타신 언니께 꽃다발을 한 아름 선사합니다……" 재학생들 노래가 끝나면 졸업생들 노래가 이어졌다. "잘 있거라 아우들아 정든 교실아……" 세월 따라 사람 살아가는 모습이 바뀌듯 세상 풍속도 바뀌는 모양이다.

선후배와 사제지간 동급생들끼리 헤어지는 게 아쉬워 울고 목이 메이던 정서는 어디에서도 보이지를 않았다. 저희들끼리 재잘대며 어깨동무하고 사진 찍느라 학부형들은 관객이고 아이들은 주연배우 같았다. 종종 보아왔지만 오늘따라 손주 도경의 모습이 너무 대견하다. 키가 어느새 훌쩍 커 눈높이가 나와도 맞는다. 늠름한 체격에 어느새 정신연령도 만이 성숙한 것 같다. 중학교 배정을 받았다기에 물어보니 제가 다닐 중학교에 대한 예비 상식까지 가지고 있었다. 우리의 교육제도가 잘못되어 오늘을 살아가는 아이들은 여러 가지로 불행한 면이 많다. 그러나 현실을 무시하고 세상을 살기란 더욱 어려운 것이다.

학교 주변 식당들은 학생과 그 가족들로 인산인해를 이루고 있었다. 예약을 했는데도 오랜 시간을 기다려 음식이 나온다. 손주 도경의 졸업식 축하를 하는 파티였다. 아이들과 헤어져 집으로 오는 승용차 안에서 지그시 눈을 감고 상념에 잠겼다. 중학교 진학을 한 손주 도경이가 고등학교를 졸업하고 대학을 졸업할 때까지는 10년의 세월이다. 대학을 졸업하고 사회에 진출하여 결혼도 하고…… 대견스러운 손주의 미래 모습을 그려본다. 그런 세월이 지나가면 나는 지금보다 휠씬 더 늙은 모습으로 비쳐지겠지.

세월이 가고 나이가 들며 생로병사의 과정을 거치는 것도 자연의 섭리다. 내가 죽어 이 세상에서 없어지면 손주 도경이 나의 대를 이어줄 것이라는 기대 심리에 다소 마음의 위로가 되는 것 같았다.

농협 직원 24시

얼마 전 집으로 두툼하고 묵직한 소포가 배달되어왔다. 짐을 풀어 보니 『한국 종합농협 50년사』라는 책 두 권이었다. 순간 평생 내 직장이었던 농업협동조합을 회상하게 되었다. 우리나라 직업의 종류는 1만 개가 넘는다고 한다. 그 많은 직업 가운데 내가 농협 직원으로 30년의 세월을 보낸 아득히 먼 추억이 떠오르는 것이었다. 30대에서 50대까지 내 인생의 황금기를 함께 보내며 애환의 추억이 서린 직장이었다.

돌이켜보니 반세기 전 일이었다. 나는 농협 중앙회장의 사령장을 들고 충청남도 모 군郡의 농업협동조합을 찾아갔다. 학교를 나와 사회에 첫발을 내딛으며 맞은 직장이었기에 가슴 벅차고 기대가 컸었다. 가정과 학교가 생활공간의 전부였던 내게 직장의 사무실 분위기는 낯설고 신기하며 인상적이었다. 책상과 자리가 배치되고 담당 업무가 주어지며 농협직원 30년의 길이 시작되었다. 직장생활이 익숙해지며 새로운 사실을 알게 되었다.

농협 직원에게는 사무실 안에서 하는 일과 사무실 밖에서 해야 할 일이 따로 있었다. 사무실 안에서 내가 하는 일은 다른 은행에서도 하는 은행 업무였다. 농협 직원이기에 내게는 사무실 일과시간을 떠나서 밖에서 해야만 하는 일이 있었던 것이다. 은행 문을 닫은 이후나 휴일에도 농촌 지역으로 출장을 나가야만 했다. 이동조합里洞組合이라 불리던 단위농협이 있었던 때다. 농협 직원들은 몇 개의 이동조합을 담당해야만 했다.

'이동조합 육성' 기치를 내걸고 출자금 조성운동을 벌이던 시절이다. 현물 출자로 받은 쌀자루를 메고 농촌 들녘을 걷던 추억이 지금도 아련히 떠오른다. 농촌에 가을 추수기가 되면 농협 직원들에게는 더 큰 일거리가 생긴다. 농사철에 대출해 준 영농자금을 받아야 했고, 비료 농약 등 농용자재 외상대도 수금을 해야만 한다. 그 당시의 농촌 경제란 빈곤이 대명사였다. 가난한 농민 조합원에게서 돈을 받아내기란 쉬운 일이 아니었다.

농협 직원은 연말이 가까워질수록 분주하게 농촌으로 출장을 나간다. 가가호호 농가를 방문하고 농민 조합원을 만나야 한다. 그날의 자금 회수 실적은 부진해도 밤늦게 사무실에 들어선다. 출장 결과를 상사에 보고하고 수금 실적 부진에 대한 꾸지람을 듣는다. 사무실을 나서 동료들과 밤이 이슥하도록 술을 마시며 탄식을 했던 시절은 지금 회상해보면 오히려 낭만이었던 것 같다.

농협 직원의 승진시험 제도는 엄격하고 공정했던 것 같다. 시험공부를 위해 가장이 집을 나와 여관에 숙소를 정해놓고 지내던 시절을 생각하면 지금도 웃음이 난다. 어렵게 공부해 승진시험 합격을 하면 근무지는 무조건 지방으로 가야만 했다. 옛날의 농협직원은 승진을 하면 누구나 이산가족이 되어 지방에서 근무를 했다. 가족들이 있는 서울로 전근을 기다리며 애를 태우던 안타깝던 날도 있었다.

30년 걸어온 농협 직원 길이 모두 끝나고 그리던 고향에 왔다. 지금의 단위농업협동조합은 옛날 이동조합이 아니었다. 반세기 전보다 농촌 사정은 크게 바뀌었고, 단위농협의 위상도 옛날과는 판이하게 달라졌다. 농민 조합원에 대한 농협 직원들의 친절과 봉사 정신은 상상을 초월한다. 농협 직원들이 현지를 순회하며 농산물을 직접 수집하고 판매한다. 판매대금은 농민 조합원 통장으로 입금이 되었다. 비료, 농약 등 각종 농용 자재는 거의 모두를 직원들이 농가나 현장으로 운반을 해준다.

노인 조합원들 경로잔치는 늘 푸근하고 즐겁다. 여행, 취미활동 등 조합원을 위한 각종 사업들이 옛날에는 상상하기도 힘든 업무였다. 조합원들 애경사에는 자기 집안일처럼 단위조합이 앞장서 일을 해준다. 특히 조합원이나 그 가족의 사망에는 장례절차 모두를 조합과 직원들이 도와주고 있었다. 조합을 내방한 노인 조합원을 내 부모처럼 진심으로 모시는 조합장을 여러 차례 본 적도 있다. 눈이 오나 비가 오나 먼 거리의 조합원 집까지 승용차로 직접 모시는 조합장의 진심과 성의에 잔잔한 감동을 받기도 했다.

농업협동조합은 농촌과 농민 그리고 농업을 모태로 조직되고 운영되는 기관이다. 농업과 농민은 국가의 경제발전과 성장에 크게 이바지했음에도 다른 부문보다 불리한 여건에 처해 있다. 농산물을 단순한 상품으로 취급하는 건 불행한 일이다. 농식품(農食品)이라는 상품 뒤에 가려져 있는 논과 밭, 숲을 포함한 생태계의 중요성을 잊어서는 안 될 것이다. 오늘의 농업협동조합은 분명 농업인의 지위와 삶의 질을 향상시키고자 노력하고 있다. 뿐만 아니라 농민 조합원의 삶과 지위가 향상되어 국민 경제의 균형 있는 발전에도 기여 하겠다며 농협 후배 임직원들은 오늘도 고군분투하고 있다.

혼인과 결혼

인생길의 출발은 한 인간이 고고呱呱의 울음소리를 내며 세상에 나와 탄생의 축복을 받는 순간부터다. 운명적으로 태어나 살아온 환경이 서로 다른 남녀가 부부夫婦의 인연을 맺는 걸 우리는 통상 혼인이라고 한다. 인생길의 본격적인 행진은 신혼부부가 한 가정을 이루면서부터 시작되는 것으로 보아야 할 것 같다. 탄생의 축복은 조용하고 조촐하지만 결혼 축하는 화려하고 장엄한, 어쩌면 평생 동안 잊지 못할 행복한 순간이다. 덴마크의 실존 철학자 키에르케고르는 '결혼은 해도 후회, 하지 않아도 후회'라는 이야기를 했다. 그러나 우리가 살아가는 세상에 남녀간 결합으로 한 가정을 이룬다는 사실은 너무나 당연한 현상으로 받아들여지고 있다.

우리는 결혼結婚과 혼인婚姻의 개념부터 알아야 할것 같다. 혼인과 결혼을 많은 사람들은 같은 용어로 알고 있다. 흔히 결혼식, 결혼청첩, 결혼주례라고 한다. 그런데 헌법이나 민법에서는 물론, 정부의 공식문서에서는 결혼이라는 용어 대신 혼인이라는 언어로 통일하여 사용하고 있는 것이다. 주례 앞에서 신랑 신부는 결혼서약이 아닌 '혼인서약'을 하고, 행정관청에서는 결혼신고서 대신 '혼인신고서'를 받는다. 결혼과 혼인은 미묘한 뉘앙스의 차이가 아니라 결혼이라는 단어의 어원語原에 문제점이 있는 듯싶다. 부부夫婦의 연緣을 맺는 걸 결혼보다는 왜 혼인婚姻이라고 불러야 하는지 그 어원語源을 살펴볼 필요가 있다.

'혼인'이라는 용어의 혼婚자와 인姻자에는 모두 혼인한다는 뜻이 있지만, 혼婚자에는 '며느리집'이라는 뜻이 있어 신부인 여자편을 뜻하고, 인姻자에는 '사위집'이라는 의미로 신랑인 남자편을 의미한다. 반면 '결혼'이라는 말은 신랑이 며느리집과 맺어진다(結, 맺을 결)는 의미로 신랑인 남자가 장가드는 것을 말한다. 그러니 신부인 여자에게는 해당되지 않는 말이 되는 셈이다. 남녀가 평등한 세상에 이것은 이치에 맞지 않는다. 그렇다고 신부가 신랑과 맺어지는 개념으로 결인結姻이라는 신조어를 쓸 수도 없지 않은가.

우리는 흔히 미혼 남녀인 처녀총각들에게 시집가고 장가가라는 말을 스스럼없이 한다. 옛날 혼례식에서는 신랑이 먼저 며느리가 될 신부의 집인 장인丈人 장모丈母 집으로 갔다. 그것을 사람들은 '장가杖家 간다'고 했던 것이다. 혼례청에서 예를 치르고 첫날밤을 신부집에서 잔다. 그렇게 부부의 연을 맺고 나서야 신부가 신랑과 함께 사위집으로 가는 것이다. 즉 시부모媤父母가 계신 집으로 찾아간다 해서 '시집을 간다'고 했던 것이다.

장가간다는 뜻의 혼(婚 ; 女-昏)은 저녁 무렵(昏-어두울혼)에 여인(女)을 만나는 것이니 장가간다는 의미가 된다. 실제로 옛날에는 혼례를 해질녘인 저녁 때 치른 것을 알 수 있다. 시집간다는 뜻의 인(姻 ; 女-因)에는 신부감이 매파媒婆를 통한 남자와의 만남을 의미한다. 옛날에는 신랑감을 구하는 데 반드시 중신어미(매씨妹氏)가 있어야 했다. 여자女인 매씨나 매파로 인因한 남자와의 만남이란 뜻으로 규수감이 시집가는 걸 의미한 것으로 보인다. 따라서 결혼이란 개념은 남자가 여자와 맺어지는 의미에서 신랑이 장가가는 의미만 있는 것이다. 즉, 남자 쪽의 혼인을 뜻하기 때문에 신부 쪽의 혼인과는 별로 상관이 없다. 이것은 남녀평등에도 어긋날 뿐 아니라 일제강점기 때부터 사용하기 시작한 주소불명住所不明의 언어로 생각된다.

우리의 선조들은 예로부터 결혼이 아닌 혼인이라 하였으며, 예식도 한 낮이 아니라 해가 기울고 어둡기 시작하는 초저녁에 올렸던 것이다. 「헌법」 36조와 「민법」 3장 '건전 가정의례 정착및 지원에 관한 법률' 등 어디에도 남자가 장가간다는 뜻만 있는 결혼이라는 용어는 없다. 장가들고 시집가는 혼인을 장가든다는 뜻인 결혼으로 잘못 쓰게 된 것은 일본식 용어와, 과거 남성 위주의 사회 정서 때문에 나타난 현상인 것 같다. 남존여비를 비판하고 여권 신장을 외치는 현대 여성들이 쉽게 '결혼'이라고 말하는 것은 자기모순이다. '축 결혼'이나 '축 화혼'은 신랑만의 혼인을 축하하는 인사다. 신랑신부 모두에게 축하하는 '축 혼인'이나 '경하혼인慶賀婚姻' 하면 어떠할까. 결혼 예식장을 혼인 예식장으로, 결혼상담소를 혼인 상담소로 용어도 바뀌어야 할 것 같다.

시애틀 친구

워싱톤주 시애틀은 자연의 축복과 현대문명이 공존하는 아름다운 도시다. 미국 서북부 최대의 도시이자 세계적으로 유명한 기업의 본사들이 몰려 있는 첨단 도시다. 미국 전역에서 가장 아름다운 도시로 손꼽히는 그 매력적인 땅에서 한 친구가 살고 있다. 친구는 1979년 10월 미국으로 이민을 떠났다. 그간 2~3년에 한 번씩 고국을 찾긴 했지만, 올해의 고국 방문은 "이민 40년 만의 방한"이라는 특별한 의미가 있었던 것 같다.

40년 전인 1979년, 그가 이민을 결심하기까지는 많은 불안과 고민이 있었다. 주위에서 인정을 받았고 고위직이 거의 보장되는 모범 공무원이었다. 부모님과 형제 동기간들이 모두 미국으로 떠났고 홀로 한국에 남아 있었다. 본인의 장래가 거의 탄탄하게 보장되는 고국을 떠나 이역만리 먼 땅으로 떠난다는 것이 그리 쉽지는 않았을 것이다. 그 무렵 우리는 둘이서 무교동 어느 식당에서 낙지볶음 안주를 놓고 소주잔을 기울이고 있었다. 친구의 이민 문제를 상의 하며 고민을 나눈 지가 엊그제 같은데 벌써 40년이란 세월이 훌쩍 흘러가버렸다.

그가 미국으로 떠나고도 우리는 늘 잊지 않고 편지를 주고받으며 우정을 나누었다. 그는 늘 성실하고 노력하며 지혜가 풍부한 친구였기에 미국 이민생활에도 잘 적응하는 것 같았다. 치과 의사를 비롯하여 자녀들 모두가 미국 사회에서 훌륭하게 성장하여 정착을 하였다. 본인도 사업 수완을 발휘하여 모텔 경영까지 하여 성공을 하고 지금은 모두 정리를 하였다. 은퇴 후에는 골프 등 취미생활과 세계 일주여행을 계속하며 노년을 유유자적 즐기고 있다. 친구의 노년 생활이 부럽기도 하다.

그는 이번 그의 귀국에 보름 남짓 동안 많은 사람들과 만나 모임을 가졌다. 고향 친구, 옛날 학우들, 오랫동안 만나지 못한 그리운 친구들…… 등 친구들과 각종 모임이나 식사 국내 여행을 하며 소요 경비 모두를 거의 혼자서 부담을 하고 다른 친구들은 돈을 내지 못하게 했다. 처음부터 끝까지 혼자서 일방적으로 베풀기만 한 아름답고 잊을 수 없는 우정을 보았다.

우리나라에서는 1950~60년대부터 미국 이민이 시작되었던 것 같다. 우리가 어렵게 살던 시절에 가난과 궁핍을 면하기 위해 이민의 길을 떠났었다. 그때 이민생활을 하던 동포들의 생활상과 애환을 그리는 글들이 신문 지상에도 심심치 않게 실리기도 했었다. 그 당시 미국에 건너가 이민생활을 하던 동포들을 "코메리칸Komerican" 이라고 불렀다. 코메리칸인 나의 시애틀 친구는 "성공한 이민 이야기"를 써도 좋을 만큼 훌륭하게 미국 사회에 정착을 했다.

1855년 미국 대통령은 그곳에 살던 인디언 추장에게 현재의 워싱턴 주에 해당하는 땅을 미국 정부에 팔라고 강요를 했다. 그때 인디안 스와니족 추장의 이름이 '시애틀'이었다. 시애틀 추장은 '이 땅의 자연을 사랑하고 보호해 달라'는 편지를 미국 대통령에게 보냈다고 한다.

인디언 추장의 염원을 간직한 때문인지 시애틀은 늘 푸르고 아름다운 자연이 살아 숨쉬는 낙원의 땅 같았다. 친구 초대로 미국을 방문했을 때 워싱턴 주 시애틀의 랜드마크로 전망대에서 바라보던 초원의 아름답고 광활했던 전경이 다시 떠오른다.

미국 이민 40년 만에 귀국해서 보름 동안 고국에서 즐겁고 유쾌한 시간을 보내고 그는 다시 미국으로 떠나갔다. 그가 출국하기 전날 밤 우리는 둘이서 충무로의 어느 식당에서 만났다. 빈대떡에 막걸리 잔을 기울이며 오랜 시간 회포를 풀었다. 1979년 무교동에서 그와 나눈 술자리가 친구를 이역만리 낯선 땅으로 보내는 서글픈 '송별연'이었다면, 40년 만의 충무로 술자리는 코메리칸 친구를 정든 자기 집으로 보내는 아쉬운 또 한 번의 송별연이었다. 우리는 서로를 격려하며 살아가는 동안 하고 싶은 것 다 해보고, 가고 싶은 곳 모두 가보며, 먹고 싶은 것 다 먹어가며 살자는 다짐도 했다.

사람끼리는 만나고 정을 나누며 살아가야 하는 게 아름다운 세상이다. 우리가 진정으로 만나야 할 사람은 그리운 사람이다. 그리움이 따르지 않는 만남은 지극히 사무적인 마주침이거나 일상적인 스치고 지나감이다. 가까이 있거나 떨어져 있거나 그리움의 물결이 출렁거리는 그런 사람과 때때로 만나야 한다. 시애틀 친구는 내게 영원히 그리운 사람이다.

초안산 식구들

이른 아침 시간이지만 차 안은 여느 때보다 한산했다. 주말이나 공휴일 오전은 전철 안이 늘 한적하다. 인적이 드문 녹천역에서 내렸다. 이 역은 시골 기찻길의 간이역 같은 기분이 든다. 역사驛舍를 나와 초안산 길목으로 들어서니 선뜻 차가운 기운이 온몸으로 스며든다. 여름 내내 숨이 차 땀을 흘리며 오르던 길이다. 밤에는 열대야, 찌는 듯한 낮 더위에 시달리며 몸과 마음이 피곤했던 게 엊그제 같은데, 이렇게 성큼 계절이 바뀐 것이다. 110년 만의 기록적인 무더위가 마치 거짓말이었던 듯싶다.

오솔길 가의 나뭇잎에 곧 단풍이 들 듯하다. 나무 사이로 하늘을 바라보니 구름 한 점 없는 맑고 푸른 하늘이 드높기만 하다. 풍요로운 한 해의 가을이 밀려오는 것 같다. 인적 없는 오솔길을 걸으며 생각에 잠긴다. 오늘은 몇 사람이나 나오려나, 나는 누구와 한 편이 되어 게임을 하게 될 까, 오랫동안 얼굴이 보이지 않는 그 후배는 어떻게 지내고 있는 것일까 …… 이런저런 생각을 하며 10여분 길을 걷다 보니 어느새 '초안산 근린공원' 입구다. 축구장의 파란 인조 잔디가 맑은 햇살에 반짝인다. 테니스장 입구에 들어서니 여기저기 코트마다 경기가 한창이다. 우리들 코트에도 정답고 반가운 얼굴들이 눈에 뜨인다.

서울시 도봉구 창동, 쌍문동과 노원구 월계동에 걸쳐 있는 해발 144m의 나지막한 야산이 하나 있다. 초인산이라 불리는 이 산은 도봉산 지맥이 남쪽으로 이어져 산봉우리를 형성하고, 동쪽으로는 중랑천 서쪽에는 우이천이 흐르는 아름다운 도심 속의 산이다. 산 중턱에 아름다운 공원과 스포츠 시설이 들어선 '초안산 근린공원'이 있다.

대도시의 도심 속 땅은 날이 갈수록 건물이 들어서고 운동장이 없어지고 있다. 개발 붐에 밀려 스포츠 시설도 도시 변두리로 쫓겨가는 현실이 안타깝다. 우리의 테니스 클럽도 여러 차례 이사를 해야만 했다. 이곳으로 자리를 옮긴 지도 어언 십여 년이 훌쩍 지난 것 같다. 회원들 모두가 평생직장에서 수십 년을 함께 보낸 동료 선후배들이다. 청춘에서 중년까지 인생길 황금기를 수십 년 함께 걸어온 '직장 가족'들이었다.

한 주일이면 주말 이틀이 무척 기다려진다. 다른 공휴일에도 하루나 이틀을 만나니, 한 달이면 10여일 자리를 함께 하는 정다운 이웃들이다. 더구나 같은 취미 생활을 하는 사람들끼리는 다른 어떤 만남보다도 친근감이 돈독한 것 같다. 오전 내내 함께 운동이 끝나면 점심 식사도 늘 한자리에서 한다. 모두가 한 식구인 셈이다. 같은 집에 살며 끼니를 함께 하는 사람을 식구라고 하지 않는가. 또한 같은 단체나 기관에 속해 함께 일 하는 사람을 비유해서 식구라고 한다.

과거 우리는 모두가 같은 직장에서 긴 세월을 함께 보냈다. 세월의 흐름은 막을 수가 없는가보다. 후배들과 같은 직장 한 사무실에서 함께 근무한 것이 엊그제 일만 같다. 정년이 되어 내가 먼저 직장을 떠날 때 청년이었던 후배가 어느 날 정년이 되었다고 한다. 아니 벌써 정년이라니. 오랜 세월이 지나는 것도 잊고 살아온 내 자신을 되돌아보며 까닭 모를 한숨이 나왔다. 내가 직장에서 정년이 될 때만 해도 퇴직자들보다 현역 직원들이 훨씬 더 많았었다. 시절이 바뀌니 지금은 은퇴자 수가 현역 직원보다 훨씬 많아졌다. 세월이 무상하다는 걸 다시 한 번 느낀다.

한 달이면 열 끼 이상 함께 밥을 먹는 식구들이다. 장마철이면 비가 그치기를 학수고대했고, 겨울철 코트에 눈이 수북이 쌓이면 함께 제설작업을 하고 운동을 했다. 운동장에서 몇 시간을 치고 달리며 운동하는 동안 땀을 흘리게 마련이다. 운동이 끝나고 지정된 식당으로 가 자리를 잡으면 더욱 즐거운 시간이 된다. 식사하기 전 모두가 막걸리 잔을 먼저 든다. 땀 흘린 후 마시는 막걸리의 참 맛은 먹어본 사람만이 알 수 있는 쾌감이다. 함께 밥을 먹을 수 있는 사이는 가까운 사람끼리라야 가능하다. 불편한 사람과는 먹는 즐거움이 있을 수 없다. 초안산 식구들은 늘 함께 운동하고, 회식을 하며 즐겁고 유쾌한 시간을 보내다가 헤어진다.

인생의 목표는 행복에 있다. 사람은 누구나 행복한 삶을 바란다. 우리 모두가 더 나은 삶을 추구하는 이유도 행복한 인생을 바라기 때문이다. 따라서 우리들 삶은 근본적으로 행복을 향해 나아가고 있는 것이다. 그 행복은 사람이 스스로 만나고 어울리는 즐거움에 있다. 그래서 우리 초안산 식구들도 함께 만나서 운동을 하고 하루 하루를 즐기며 행복을 찾는다.

살아온 세월

이황연 수필집

초판인쇄 2019년 12월 10일
초판발행 2019년 12월 17일

지 은 이 이황연
펴 낸 이 노용제
펴 낸 곳 정은출판

주 소 서울특별시 중구 창경궁로 1길 29 (3F)
전 화 02-2272-9280
팩 스 02-2277-1350
이메일 rossjw@hanmail.net
ISBN 978-89-5824-404-2

값 12,000원